이도은 수필집

무쇠꽃

KB193206

책을 내면서

언제부턴가 나에게 쓴, 부치지 못한 편지처럼 조금씩 조금씩 쌓여갔던 글입니다. 저는 어쩌면 버려지는 것을 그냥 내버려 두지 못했던 걸까요.

낡은 그릇이거나 시들어가는 꽃들, 죽어가는 짐승들까지. 사라져 가는 모든 것에 대한 미련과 오래전에 아주 잠깐 반짝하던 사랑 같은 그 보잘것없는 마음까지였던 걸까요.

작은 창문을 사이에 두고 아주 잠깐 눈이 마주쳤던 한 마리 새, 새 부리에 아무런 대책 없이 어깨가 물려 가던 작은 씨앗 하나. 젖은 손을 닦지도 않은 채 그 찰나를 끄적였던 축축한 메모장의 흐린 글씨를 잊지 못하죠.

알죠. 이제 조금은 저를 알아요. 그렇게 내 안의 또 다른 내가 악착같이 긁어모으려는 그것들이 뭔지. 그녀는 어쩜 모든 것의 마지막을 함께하고 싶었던 건 아니었는지요. 누군가의 말대로 존재하는 모든 것에는 그만의 향기가 있을까요. 남은 영혼을 태우는 마지막 향기마저도 간직하고 싶어 한 글자, 한 글자 새겨두고 싶었어요.

그것이 생명이든 아니든 마지막의 모습은 모두 슬프니까요. 너무 슬퍼서 아름답다는 진부한 말처럼 사라지는 기억들은 아름다울 수밖에 없는 것 같아요. 때때로 내려놓는 것이, 안고 있는 것보다 눈부시기 때문인지도 모르죠. 그 마지막 향기를 조금이라도 맡을 수 있다면 얼마나 다행일까요.

이제 가슴에 조금 남은 온기로 자신을 잘 보듬고 살아갈 아름다운 날들이 펼쳐지길 고대하며, 제가 살아온 날들을 가만가만 엮어본 것들이랍니다. 부디, 제 기억을 읽는 분들이 잠시라도 따스해지길 바라며.

2025년 3월
이도은

차 례

3부 · 107

4부 · 147

무쇠꽃

1부

무쇠꽃

좁은 베란다에 무쇠꽃 한 송이가 피어 있다. 솥뚜껑 하나가 뒤집힌 채 해바라기꽃이라도 되는 것처럼 대롱꽃과 혀꽃이 조화롭다. 햇빛을 듬뿍 받아 따스한 기운을 집 안으로 불어넣는다. 나는 그것을 무쇠꽃이라고 부른다. 솥뚜껑 가운데 노란 팬지꽃 세 포기를 올려놓고 둘레에도 팬지 화분들을 둘러놓았다. 멀리서 보면 마치 둥근 어미의 품속에 여린 새끼들이 쪼르르 기어드는 것처럼 보인다. 무쇠꽃이 더욱 아름다운 이유는 어머니 때문이라고 억지를 부리고 싶다.

어린왕자가 소행성에서 만난 꽃 한 송이에게 '장미'라고 이름을 붙여주고 고깔을 씌워주고 비바람을 막아주며 보호하려고 했던 그 마음이 어떤 것인지 안다. 사랑하는 사람은 곁에 없지만, 그 사람을 그리워하며 어떤 대상에 사랑을 쏟으려는 마음 한 줄기가 아닐까.

두텁고 무거운 뚜껑이 솥 위에서 밀리면서 솥과 부딪치는 그 쇳소리가 나는 유난히 좋았다. 젊은 나도 들기 힘든 커다란 무쇠

뚜껑은 손잡이에 물행주를 감아 옆으로 밀어내면 신비로운 소리를 냈다. 둔하지만 탁하지 않고, 날렵하지만 날카롭지 않은 소리. 기쁨과 슬픔이 맞닿는 듯한 소리는 오묘했다. 주변에 떠도는 공기를 조심스럽게 흔들며 아침을 깨우는 소리다.

솥뚜껑이 삶과 죽음의 시간을 모두 품고 있다는 느낌은 아마 훗날 생겨났을지도 모른다. 여닫는 시간과 침묵하는 시간을 경험하고서야 그 소리의 더 깊은 음률을 알아챘던 것 같다. 끈질긴 삶의 소란스러움과 덧없는 죽음의 침묵이 한데 어우러진 소리를 더는 들을 수 없었던 날, 바닥에 구멍이 난 솥은 버려졌다. 그러나 솥뚜껑만은 끝까지 마당 한 켠에서 어머니 곁을 지켰다.

오래도록 혼자 지내시던 어머니 동네로 이사를 했다. 나는 작은 빌라에 입주를 하면서 어머니와 함께 살려고 했지만 어머니는 한사코 거절하셨다. 자꾸 당신 집이 편하다고 한 말은 아마도 딸에게 불편을 줄까 염려하신 것이리라. 걸어서 겨우 십여 분 정도 떨어진 거리여서 수없이 드나들 만한데도, 밭에서 뽑은 푸성귀나 슬쩍 내 집 현관문 앞에 가져다 놓을 뿐 자주 오지 않았다.

나는 어머니의 물건 중에 가마솥을 가장 좋아했다. 시골 노인에게 쓸만한 물건이 있을 리 만무하지만 가마솥 위에 얹힌 뚜껑은 특별했다. 솥 위에 덮인 뚜껑이 천천히 옆으로 밀리면서 내는 그 소리는 어떤 비밀을 품고 있는 것처럼 여겨졌다. 어릴 적에 읽었던 동화 속의 "열려라, 참깨!"와 같은 비밀의 주문처럼 설렘도 있었다. 그 솥에서 설설 끓던 시래깃국이나 묵은지 쫑쫑 썰어 넣은 갱시기 같은 것이 나왔고, 때로는 고구마나 감자가 포슬포슬하게 쪄져 나오기도 했다. 그때마다 자식들에게 먹일 마음으로 환하게 웃어주셨던 어머니.

나는 솥뚜껑을 뒤집어놓고 커다랗게 자른 무로 기름을 발라 구운 부침개를 좋아했다. 기름이 너무 많거나 적게 스며들지도 않았고, 설익거나 너무 타지도 않았다. 희한하게 두꺼운 무쇠 위에서 익는 부침개는 내 까탈스러운 입맛을 달래주었다. 난 그저 옆에 쪼그리고 앉아 솥뚜껑 아래서 피어오르는 연기를 피해가며 기다렸다. 배추나 무는 물론이고 가지나 시금치 같은 흔한 재료들도 솥뚜껑 위에서 마술을 부렸다. 내가 얼마나 좋아했는지 어머니는 자주 그 무거운 솥뚜껑을 뒤집어놓고 불을 피웠다.

어머니는 알고 계셨는지도 모른다. 당신이 세상을 떠나실 때 당신의 삶이 통째로 담긴 그 솥이 가족을 위해서가 아니라 처음으로 당신을 위해 쓰여질 것이라는 것을. 당신의 죽음을 애도하러 온 사람들을 위한 국이 끓고, 뚜껑 위에는 당신의 마지막 길을 여는 상 위에 놓일 부침개가 부쳐질 것이라는 것을.

어느 날 퇴근길에 먹다가 남은 피자를 나 혼자 먹고 있었다. 그 때 마침 어머니가 방금 부쳤다고 아직 기름이 뜨거운 호박 부침을 들고 오셨는데 나는 먹다 만 피자를 급히 숨기고 입안에 든 것은 대충 삼켰다. 불시에 방문하는 일이 없었는데 그날은 식기 전에 내게 먹이려는 마음이 앞섰던 모양이다. 거의 뛰어오신 듯했다. 나는 피자가 목구멍을 채 넘어가기도 전에 호박전을 먹었고 결국 응급실까지 가고야 말았다. 급체한 것이었다. 그런 이후 어머니는 두고두고 내게 미안해했다. 어머니는 그런 존재였다. 자식에게 일어나는 어떤 나쁜 일도 모두 다 당신 탓으로 여기는 사람. 나는 그게 호박전 때문이 아니라 피자 때문이라는 것을 돌아가실 때까지 말하지 못했다.

그 후부터는 당신이 먼저 전을 부치는 일이 없었다. 나는 피자 이야기를 할까 하다가 못했다. 어머니께는 한 조각도 드리지 않고 나만 먹은 일이 내내 스스로 용서가 안 되었기 때문이다. 그러나 어머니 생전에 그 말씀을 드리지 못한 것을 몹시 후회한 것은 당신이 돌아가시고 나서였다.

아파트로 이사하면서 나는 다른 건 다 버려도 어머니가 쓰시던 그 솥뚜껑만은 무슨 일이 있어도 가져가야 한다고 고집을 부렸다. 마음 같아선 솥을 통째로 들고 가고 싶었지만, 도저히 둘 곳이 마땅치 않아 포기했다.

솥뚜껑은 그냥 쇳덩어리가 아니다. 어머니가 나를, 우리 가족 모두를 위해 수없이 펼쳤던 한 송이 꽃이다. 그것은 타인이던 이와 가족의 연(緣)으로 묶인 시간과, 자식을 낳아 생명의 떨림을 알게 한 시간과, 영원한 이별의 시간도 모두 지켜보았다. 그때마다 꽃잎을 열고 오므리며 함께 떨어주었을 것이라고 믿는다. 어머니가 내게 그랬던 것처럼 나도 내 가족들에게 프라이팬에서는 흉내 낼 수 없는 맛을 보여줄 그 날을 기다리며.

소리와 침묵을 함께 간직한 낡은 무쇠꽃 한 송이 피어 있는 베란다는 그리움과 희망의 꽃밭이다.

미역귀

가끔은 고래가 잡혔던, 파도 소리가 아주 가까이서 들리는 마을, 때로 인어공주의 노랫소리가 들렸다던 내 친구의 집. 배를 타던 아버지가 영영 돌아오지 않아 엄마와 둘이서만 살았던 친구는 엄마가 물질하러 간 날이면 하염없이 엄마를 기다리느라 숙제를 잊어버렸다고 했다. 그 친구, 명순이는 잎을 한껏 펼친 미역귀를 닮았다.

미역에는 귀가 있다. 미역이 바다에 순응하듯 물결 따라 펄럭이는 것 같으면서도, 악착같이 바위를 움켜잡고 자신을 지켜내는 강인한 생명력이다. 그것은 어쩌면 귀가 아니라 손이 아니었을까. 파도에 휩쓸릴 때마다 바위를 놓치지 않으려고 무진 애를 쓰며 버텨야 했던 생존의 끈. 나는 자주 미역귀를 먹는다. 물에 불리면 마치 코브라 아스비나 카네이션 같은 꽃으로 보이기도 한다.

하나하나 잎을 열고 넘실거리던 미역 속으로 스며드는 이름. 5학년 때 한 책상에서 공부했던 내 짝 명순이. 친구의 책가방 속에는 늘 책이 아니라 미역귀만 가득했다. 명순이가 교실에 들어서면 바다 내음이 함께 따라 들어왔다. 아이들은 명순이를 '미역 꾸다리'나 '미역 꾸댕이'라고 불렀다. 명순이는 자신을 부르는 그 이름에 오히려 활짝 웃으며 달려왔다. "야. 꾸다리!" 하고 놀리면 미역귀 봉지를 들고 왔는데 미역귀를 사겠다는 소리로 받아들였던 것이다. 그러나 나는 명순이가 착각을 한 것이 아니라 부러 그런 척했던 거라고 생각했다. 그 아이만이 가진 용기가 아니었을까. 도피하지 않는, 가난에 대한 정당방위 같은 것. 부끄러움보다는 삶에의 의지가 앞섰기 때문이라고 나는 생각한다. 엄마가 미역을 캐왔고 그걸 팔아야만 살아갈 수 있다는 걸 너무 일찍부터 알았던 것이다.

명순이는 공부는 꼴찌였지만 셈은 누구보다도 빠르고 정확했다. 한 봉지에 정확하게 열 개씩 미역귀를 담았고 가방 가득 담아온 그것을 끝내 다 팔고서야 집으로 돌아갔다. "한 봉지에 10원!" 아이들이 놀리거나 말거나 명순이는 미역귀로 제 귀를 단단히 막은 것처럼 악착같이 팔았다. 심지어 선생님께도 장사를 하곤 했고 선생님도 매번 그것을 팔아주었다. 때로 명순이가 산수 문제를 잘못 풀 때는 선생님이 미역귀 한 봉지에 열 개, 다섯 봉지를 팔고 하나씩 덤으로 끼워주면 미역귀 하나가 얼마가 되니? 이런 식으로 설명을 할 때도 있어서 우린 모두 웃곤 했다. 그럴 때 명순이는 당당하고 잽싸게 문제의 답을 맞추곤 했다. 그 작은 손으로 바다에 나가 엄마와 함께 미역을 따고 다듬고 말리고 하면서 명순이는 이미 거친 파도의 두려움을 누구보다 먼저 터득한 아이가 아니었을까. 삶에 대한 적개심이 아니라 두려운 것의 정체를 마주 볼 용기를 가진 아이였다.

미역귀는 파도가 칠 때마다 몸을 부풀려 주름을 만들고 그 속에 힘을 가두었는지도 모른다. 높은 나무의 열매를 따 먹기 위해 목이 길어진 기린처럼, 자신의 존재를 지키기 위해 귀를 더 키워 바위에서 떨어져 나가지 않으려고 안간힘으로 버텼을 것이다. 미역의 적은 파도만이 아니었다. 온갖 바다 생물체에 꼬리를 뜯기고 또 뜯겨나가도 그 귀는 맨몸으로 맞섰으니 생명의 힘인 셈이다. 고래가 다친 몸을 치료하기 위해 미역귀를 먹었다는 얘기도 있고, 진시황이 찾아 헤매던 불로초 중 하나로 진상되었다는 얘기도 있다. 미역 포자가 존재하는 미역귀의 힘을 고래와 진시황도 알고 있었을까.

친구들도 명순이를 놀리기는 했지만 아무도 그 아이가 영악하다고 생각하지는 않았던 것 같다. 하나씩 덤으로 얹어주는 것을 잊지 않는 명순이의 마음을 알고 있었기 때문이다. 또한 그 시대를 살아온 우리 모두에게 가난은 어쩌면 너무나도 익숙한 일이었기 때문이다. 그런데 그런 명순이가 내게는 절대 미역귀를 팔지 않았다. 오히려 팔다 남은 미역귀를 내 가방에 슬쩍 넣어주고 말

없이 가버리는 것이다. 어떨 때는 아직 채 마르지도 않은 멸치 한 움큼을 봉지에 담아와서 주기도 했다.

"너만 주는 거라."

명순이는 그렇게 속삭였는데 나는 한 번도 고맙다는 말을 하지 않았다. 그런 말을 하기가 싫었다. 가난으로 치자면 어쩌면 명순이보다 내가 더 지독하지 않았나 싶었다. 나는 아마 엄마가 밤새 주걱으로 젓고 또 고아 만든 엿을 내 가방에 넣어주고 팔아오라고 했다면 당장 학교를 그만두었을지도 모른다. 친구의 몸에서는 늘 바다의 짠 내가 났지만 내 몸에서 단내가 나는 것은 죽어도 싫었다. 엄마가 조청과 엿을 만드는 날이면 나는 다른 날보다 더 열심히 씻고 머리를 감았다. 나는 그것이 자존심이라고 믿었다.

친구의 손톱 밑은 늘 새까맸다. 그것은 때처럼 보였는데 미역을 다듬느라 그렇게 된 것이라는 것을 알면서도 친구들은 놀렸다. 꾸불꾸불한 미역귀를 다듬었고 앞뒤를 꼼꼼하게 살피며 귀에 붙은 바다의 잔해들을 떼어내느라 손톱이 까매지는 줄도 모르고 일했을 친구에 비하면, 가난을 감추느라 급급했던 나는 철이 늦게 들었던 것이다. 어린 조개, 우뭇가사리 몇 가닥, 말라비틀어진 톳, 이름도 알 수 없는 것들을 떼어내며 친구는 무슨 생각을 했을까. 덕지덕지 붙은 삶의 무거움을 모조리 떼어내고 싶다는 생각을 했을까. 그러나 어쩌면 자신에게 주어진 가난을 고통으로서가 아니라, 다른 무엇으로 승화시켜나갔는지도 모른다는 생각이 든 것은 내가 어른이 된 후이다. '꾸다리 손'이라고 놀렸던 친구들처럼 나도 가끔은 명순이의 까만 손톱을 찜찜하게 여겼다. 그래도 우리는 싸 온 도시락을 서로 나눠 먹었다. 그 아이의 반찬은 온통 바다에서 나온 것이었고 나는 특별대우를 받던 오빠의 도시락을 훔쳐 당당하게 펼쳐놓았다.

어느 장날이었다. 엄마는 집에서 고운 조청과 엿을 팔았다. 그 날따라 일찍 떨이를 한 엄마가 나를 데리고 생선을 사기 위해 어물전 골목을 한 바퀴 돌았다. 거친 시장 아줌마들이 칼을 들고 생선의 배를 갈라 내장을 끄집어내고 토막 치는 그 가운데에 낯익은 얼굴 하나가 좌판에 앉아있었다. 한눈에 미역을 팔고 있는 명순이라는 것을 알아봤다. 명순이가 분명 나를 보았는데도 나는 엄마 손을 반대 방향으로 힘주어 잡아당겼다. 그러나 엄마는 남의 속도 모르고 좌판마다 일일이 고등어나 명탯값을 물어보며 기어이 그 앞으로 걸어갔다. 나는 엄마의 몸에 바짝 붙어 몸을 가리고 걸었다. 그날따라 생선 골목이 어찌나 길고 장날이 얼마나 원망스럽던지. 나는 앞으로 절대 바다에서 나는 것 따위를 먹지 않고 살리라 고약한 다짐까지 했었다.

어물전 끄트머리쯤 왔을 때 나는 명순이가 있는 쪽을 슬쩍 돌아봤다. 올망졸망한 빨간 소쿠리에는 미역과 미역귀가 담겨 있었고 하나를 더 집어 올렸다가 내렸다가 눈대중으로 저울질을 하느라 바쁜 것처럼 보였다. 아마도 나를 무안하게 하지 않으려고 딴청을 피웠으리라.

"넌 학교 마치고 뭘 하니?"

언젠가 명순이가 내게 물었다. 나는 숙제하고 논다고 대답했다. 고개를 가볍게 끄덕이는 명순이에게서 풍기는 진한 미역 냄새가 나를 부끄럽게 했다. 그때 처음으로 명순이가 미역귀를 닮았다는 생각이 들었다. 미역에는 귀를 부풀려 바위를 움켜쥐고 거친 파도를 견뎌야 했던 시간이 있었다면, 명순이는 자존심을 내던지고 온몸으로 삶을 맞닥뜨리지 않았을까. 파도처럼 거친 삶을 마주 보는 방법을 일찍 알아버린 것이 아닐까. 나는 확신한다. 어디에서 살아가고 있든 분명 그 친구는 미역귀처럼 악착같이 희망이라는 끈을 놓지 않고 있으리라.

미역귀가, 왜 손이 아니라 귀로 불렸는지 조금은 알 것 같다. 미역은 마냥 아름답지도 풍요롭지도 너그럽지도 않았을 바다의 온갖 소리를 듣기 위해서 귀를 활짝 열어두어야 하지 않았을까. 꽃 이파리처럼 한 잎 한 잎귀를 열고……. 물이 쓸려가고 밀려오는 소리, 자신을 노리는 적의 소리, 공생하고자 다가오는 소리, 파도에 구르는 자갈 소리. 어떤 것은 무섭도록 낯선 소리일 것이고, 어떤 것은 정다운 소리일 것이다. 그것들을 들으며 미역은 고독을 견디고 찬 물살을 견디고 위로를 얻지 않았을까. 누군가에게는 조금씩 제 살을 뜯기고 누군가에게는 제 등을 내어주고 그런데도 바다가 들려주는 생명의 노랫소리를 친구 삼아 살아내지 않았을까.

미역귀를 내 귀에 가만히 대어본다. 내 친구 명순이가 '너한테만 주는 거야'라고 속삭이던 음성을 다시 들어볼 수는 없는지. 내 삶이 팍팍하다고 느껴질 때마다 나는 어떤 위로처럼 미역귀를 먹는다. 찬물에 밥을 말아서 짭짤하고 꼬들꼬들한 그것을 먹으면, 피서객들이 떠난 모래사장을 거닐다 우연히 내 짝을 만난 것 같은 느낌이 든다. 내 짝에게서 나던 짭조름한 내음이 삶을 위로한다.

도장

살아온 시간이 길어질수록 망각하는 것들이 늘어난다. 나를 스쳐 간 숱한 시간을 만져본다. 어느 순간들은 도무지 기억나지 않는다. 어디에 두었을까. 도장을 잃어버렸다. 마치 나를 잃어버린 것 같은 느낌이다. 내가 간직했던 모든 사물이 다 그렇지만, 특히 도장은 물건이라기보다 생명인 듯하다. 이미 이 세상 사람의 이름이 아닌 도장이 어딘가에서 불쑥 나와도 쉬이 버릴 수가 없는 이유이다.

젊은 시절, 학비에 보태려고 도장 새기는 일을 한 적 있다. 편편한 표면의 어떤 부분은 남겨두고 어떤 부분을 파내서 음과 양을 나누었을 뿐인데, 입체를 갖게 되자 글자들이 살아 움직이는 것처럼 보였다. 조각도가 움직일 때마다 나무 속에 숨어 있다가 불쑥 모습을 드러낸 몇 개의 모음과 자음은, 성이 되고 이름이 되어 한 사람으로 완성되는 것이다. 마치 그 작은 나무 기둥 속에 오래전부터 잠자고 있던 사람이 내가 부르는 소리에 세상 밖으로 뚜벅뚜벅 걸어 나오는 것 같았다. 사람의 손가락에서 탄생한 글자는 세상에서 하나밖에 없는 이름이었다.

내가 사는 시골에는 여전히 도장을 새겨주는 곳이 두 군데나 있다. 세월이 바뀌어 도장을 새기는 일은 점점 뜸해졌지만, 그것이 삶의 전부인 듯 오직 그 일에만 매달리는 장인이 있다. 돋보기를 끼고 예전의 그 방식대로 도장을 새기는데 칼끝을 움직이는 손길은 민첩했고 한 치의 오류도 없었다. 그 모습을 지켜보고 있자니 나도 모르게 손가락에 힘이 들어갔다. 덩달아 어깨까지 움신거렸다. 그는 이마에 땀을 송골송골 맺고서야 도장 파기를 끝내고 종이 위에 여러 번 찍어보며 빙그레 웃었다.

칼을 손에 쥐고 각을 세워 글자를 새겨 넣은 일이 내게는 쉬운 일이 아니었다. 그 일은 무척 버거웠다. 매번 손에 땀을 쥐게 했다. 받침이 없는 글자는 그나마 수월했지만, 받침이 있는 글자는 까다로웠다. 한글은 그래도 나았다. 복잡한 한자 이름은 곧잘 머릿속에 뒤엉키곤 했다. 자칫 딴생각하다가는 손가락을 베기 일쑤인 위험한 작업이었다. 아직도 그때 다친 손가락 하나가 삐뚤어져 있다. 한 개의 도장을 완성하려면 이름 하나에 내 숨결을 수없이 불어 넣고 정신을 집중해야만 했다.

도장 새기는 일은 내 삶에 중요한 것을 가르쳐주었다. 그저 조각도로 나무에 홈을 파는 작업이 아니었다. 새끼손가락 끝마디만 한 평면에 세 글자를 새겨 넣기 위해 가로 혹은 세로로 삼등분하고, 그다음 글자를 거꾸로 새긴다. 그래서 우선 글자를 거꾸로 보는 연습을 해야 했다. 내 머리를 뒤집어 거꾸로 보면서 방향이 바뀌지 않도록 애를 써야만 했다. 아무리 용을 써도 받침을 뒤집거나 근본이 없는 엉터리 한자를 파는 실수를 하기도 했다. 상하좌우가 같은 글자들, '응', '믐'과 같은 글자들만 이름자에 들어 있으면 하는 생각이 종종 들었다. 사람의 마음이나 세상일도 바로 보거나 뒤집어 봐도 항상 같은 모양이면 얼마나 좋을까.

처음에는 틀리지 않기 위해 열중하다가 나는 점차 예술작품을 만드는 것 같은 마음도 들었다. 어떤 글자는 날카롭고 어떤 글자는 균형이 맞지 않고 어떤 건 천박하고 어떤 건 빈약해 보였다. 조금 더 정답고 더 반듯하고 더 따스한 글자로 이름을 새기려고 노력했다. 그 방법이 획에 있기도 했고, 여백에 있기도 했다. 나는 조각도를 들면 마치 예술가가 된 듯 살아 있는 글자를 새기겠다고 다짐했다. 그런 간절한 마음으로 일을 했을 땐 영락없이 내가 새긴 도장을 받아 가는 사람들의 얼굴이 부드럽고 행복해 보였다. 언짢은 일을 다 털어내지 않고 의자에 앉으면 조각도가 자꾸 날카롭게 움직였다. 그때는 이것 또한 내 마음을 먼저 다스려야 하는 일이란 걸 깨달았다. 내 앞에 놓여있던 힘겨운 현실도, 수많은 상처도 잊게 해준 시간이기도 했다.

오감과 혼을 불어넣어야 비로소 하나의 이름으로 완성되는 것.

천 년의 돌 한 부리나 짐승의 뼈 한 조각, 나무 한 그루의 살점을 떼어내 그 속에 새겨 넣었을 이름 석 자. 지금은 고인이 되었지만, 도장을 새길 때마다 늘 '숨이 한다'는 말을 하곤 했던 어느 장인의 마음을 조금은 알 것도 같다.

홈을 파낸 찌꺼기를 입으로 훅 불어 날린 다음, 빨간 도장밥을 발라 그 자리에서 꾹, 눌러 확인하는 마지막 작업에서 나는 늘 입속으로 조용히 그 이름을 불러보곤 했다. 그러면 그 이름의 얼굴이 보이는 것 같았고, 내게 미소를 짓는 것도 같았다. 이름을 새겨 넣는다는 것은 어떤 의미일까. 칼끝에서 하나하나 새겨지는 글자를 바라보면서, 내가 만들어냈던 수많은 '철'이나 '숙' 같은 이름의 글자들이 얼마나 달콤했던가를 기억한다. 아래로 옆으로 혹은 둥글게 글자의 획 사이로 홈이 만들어질 때, 그 획들은 마치 뼈 위에 살을 입히는 듯했다. 빨간 인주를 찍으면 획들은 혈관처럼 꿈틀거리고 급기야 살아 움직였다. 나는 내가 만든 글자들이 생명을 가진 듯 움찔거리는 것을 본 듯했다. 하나의 나무토막이 피노키오란 이름을 얻었던 것처럼. 살아 있는 생명체가 아니라면 인주를 두고 '도장밥'이라고 할 리가 없지 않겠는가.

도장은 누군가의 신분과 신용이다. 아니, 그 사람이다. 집을 사고 혼인신고를 하는 행복의 순간에도, 어쩌다가 보증을 섰다가 낭패를 보거나 이혼해야 하는 불행한 순간에도 그 사람을 대신해

주었다. 그리하여 도장이 기억하는 시간은 누군가의 삶이다. 기쁨이든 슬픔이든 행복이든 불행이든, 한때 나였던 것들은 모두 나의 일부이다. 매 순간 맞닥뜨렸던 애틋한 삶의 작은 것 하나도 소중하다. 그래서 내 이름이 새겨진 도장을 찾을 때마다 숨겨진 내 삶의 한 귀퉁이를 다시 찾은 느낌마저 든다.

내 이름 석 자에 빨간 인주를 묻힌다. 이 이름은 얼마나 오래 내 곁에서 또 다른 내가 되어줄까. 마음을 곧추세워 도장을 들여다본다. 오래전 내가 새겨 넣은 정다운 이름들이 어딘가에서 따스한 얼굴로 살아가고 있기를 바라며, 오늘 다시 태어난 내 이름을 하얀 종이에 꾹, 찍어본다. 내 기억을 붙잡아 두려고 애쓴다.

슴베를 품다

오래전 사람들은 사물에게도 영혼이 있다는 생각을 했다. 그러니 돌멩이나 장독에게도 이름을 지어주고 심지어 신으로 모시기까지 했을 것이다. 나는 사람과 마찬가지로 사물들 간에도 정신적인 관계를 맺고 있는 것 같은 느낌을 자주 받는다. 운동화에 묶여 있는 끈이나 빨랫줄에 매달려 있는 집게 같은 게 그렇다. 그 사물들은 비밀 없이 존재하지도 않으며, 교감 없이 관계 맺지도 않는다는 생각을 갖고 있다. 그것들 사이에는 어떤 숨겨진 비밀이 있을까, 하는 생각으로 바라볼 때가 있는 것이다.

"농사짓는 사람도 아니면서, 뭘 그리 궁금한 눈으로 보시는게요?"

내가 가끔, 예전 그대로의 모습으로 남아 있는 대장간을 기웃거리면 대장간 주인이 겉모습만 보면 다 안다는 듯 말을 건다.

호미는 알아도 슴베를 모르는 사람이 많다. 슴베는 호미나 칼, 괭이의 손잡이 부분에 들어박히는 뾰족한 쇠붙이를 말한다. 아직 호미나 낫이 되지 못한 채 나란히 줄이어 놓여 있는 슴베를 볼 때면 왠지 발가벗은 여인의 몸처럼 참 수줍게도 누워 있구나 싶었다.

슴베. 어째서 저런 이름이 붙었을까. 왠지 그 어감에서 아픔을 읽는다. 가슴을 베는 것. 그런 느낌이 드는 것은 그 글자의 모양새 때문이리라.

예전에 할아버지는 좋은 농기구를 구하기 위해 대장간에 직접 가셨다. 만져보고 쓸어보고 흔들어보고 하며 몇 시간을 보내셨다. 아무리 살림이 곤란해도 더 비싼 값을 치러야 하는 농기구를 반드시 손에 넣고 돌아오셨다. 할아버지가 장에서 돌아오면 쪼르르 달려가 할아버지의 손을 쳐다보게 되었는데, 할아버지는 우리 형제들의 바램도 무색하게 달랑 호미 한 자루만 들고 오시기도 했다. 하다못해 튀밥이나 호떡이나 엿도 아닌 고깟 호미 한 자루가 반갑지 않았다. 그러면 할아버지는 내 손에 호미를 쥐여주었다.

"이것이 인간보다 못할 게 하나도 없는 물건이여."

그 말씀이 딱 맞다고 느낀 건 내가 호미를 들고, 온 들판을 쏘다니며 닥치는 대로 아무거나 치다가 자루를 부러뜨렸을 때다. 할아버지한테 처음으로 매를 맞았을 때, '그래, 나는 호미보다 못한 존재구나'라고 생각했다. 그깟 호미 하나 때문에 나를 때리다니 싶었다.

할아버지는 다시 호미를 고쳐놓고는 훌륭한 호미는 슴베가 좋아야 하고, 슴베를 받아들이는 나무와 궁합이 맞아야 한다고 하셨다.

홈쇼핑에 가끔 칼이 등장한다. 쇼호스트들은 모두 그 칼날이 얼마나 단단하고 예리한지에 대해 말하지만, 그 누구도 그들이 잡고 있는 손잡이 속에 들어있는 슴베에 대해 말하는 것을 들어본 적이 없다.

무를 자르려고 칼을 깊숙이 넣었다가 빼지 못한 적이 있었다. 설마, 힘없는 무가 칼날을 깨물고 놔주지 않는다고 누가 믿을까마는 가슴을 베인 것들은 쉬이 입을 열어주지 않았다. 힘을 주자 칼자루가 떨어져 나갔다. 슴베를 잡아주지 못하고 빠져 버린 것이다. 자루가 제 역할을 잃자, 칼날 또한 제힘을 발휘하지 못하고 슴베만 내밀고 있다. 칼자루 속은 휑하다. 그 자리에 다시 슴베를 밀어 넣어 보지만 한번 빠져버린 손잡이는 더 이상 슴베를 잡으려고 하지 않았다. 슴베가 움직일 적마다 가슴을 파였는지 슴베를 잡아주기엔 너무 헐거워져 버린 것이다.

박물관에 간 적이 있었다. 슴베를 그대로 노출한 농기구들이 나란히 누워 있었다. 한 방에 나란히 줄지어 누워 자는 우리 형제들 같은 모습이었다. 베거나 파거나 할 것에 반대쪽으로 가늘고 길게 붙은 쇠붙이. 직접 사용되는 서린 날 쪽보다 손잡이 속으로 들어가야 하는 슴베 부분이 내 눈에는 더욱 날카로운 무기처럼 보였다. 우리가 자는 머리맡에 앉아 아버지가 어머니에게 하는 말을 들었다.

"이눔아들 올망졸망 이리 똑같아 보여도, 고놈이 고놈 같아도, 그 속은 다 다를 거여. 요놈은 속 깊고, 요놈은 듬직하고, 또 요놈은 꾀가 많고……."

아버지는 우리가 가진 하나하나의 개성을 말했지만, 나는 그 말이 긍정적인 표현이라는 것을 안다. 허약한 나는 속이 깊다고, 거친 오빠에게는 듬직하다고, 샘 많은 동생에 대해서는 꾀가 많다고 했지, 결코 부정적으로 표현하지 않았다.

봄이 오면 할아버지는 낡은 호미며 낫의 손잡이를 갈아 끼웠다. 손잡이의 재목으로 박달나무가 단단하고 힘을 오래 지탱한다고 했다. 불 속에 던져진 슴베가 충분히 달구어진 다음, 손질해 둔 나무 손잡이 속으로 재빠르게 힘껏 밀어 넣은 후, 큰 돌멩이 위에서 사정없이 내리쳤다. 불에 달구어진 슴베가 손잡이 속으로 단단히 닿게 하기 위한 것이었다. 손잡이가 슴베를 거부하는 경우도 있었다. 나무 속에 옹이가 숨어 있을 때가 그랬다. 상처 많은 사람이 쉽게 마음을 열지 못하는 것처럼 옹이가 박힌 나무는 슴베를 받아들이지 못했다. 그런 나무는 손잡이가 되지 못하고 불 속으로 던져졌다.

"제아무리 단단한 쇠로 만든 슴베라 해도 손잡이가 시원찮으면 말짱 헛것이란다.”

할아버지는 어린 나를 앞에 놓고, 보잘것없는 농기구 하나에도 세상 이치가 다 들어있다고 말씀하셨다. 세상 모든 것이 서로가 가진 기질을 파악해야만 이해할 수 있다는 것이다. 슴베는 나무를, 나무는 슴베를 이해하기 위해서 시간이 필요하다고 하실 때는 할아버지의 하얀 머리카락이 신비롭게 보였다.

문득 셍떽쥐베리가 쓴 글의 한 구절이 떠오른다.

“내가 아는 사과나무는 조금도 포도나무를 경멸하지 않았으며, 종려나무도 삼나무를 추호도 경멸하지 않았다. 그러나 그 나무들은 각자 강하게 굳어지며 자신들의 뿌리를 다른 나무 뿌리와 조금도 섞지 않고도 본질을 유지하는 것이다.”

인정함으로 서로 공존하는 법을 알려주지 않는가.

한방에 나란히 누워 있던 내 형제들. 지금은 각자의 삶에 묻혀 오래도록 만나지 않는다. 가끔 만날 때는 서로에게 상처가 될 만한 말도 하고 원망도 한다. 쇠붙이와 나무가 분명히 다르듯, 사람들은 서로 모순된 생각으로 살아간다. 그래서 서로 찌르고 찔리기도 하지 않던가. 나를 언짢게 했던 사람들이 준 상처가 나를 피곤하게 했을 때, 어쩌면 그들이 내게 준 것이 아니라 나 스스로가 받은 것은 아니었는지 생각해본다. 슴베에 가슴을 깊숙이 찔리지 않고서야 나무는 손잡이가 될 수 없었을 것이다. 그처럼 무언가에 상처를 입어보지 않았더라면 나는 무언가를 싸안는 방법을 몰랐을 수도 있다. 훌륭한 손잡이가 된 나무는 슴베가 날카롭다고 화내지 않는다. 다만 그 날카로움이 어느 정도인지 가늠할 뿐이다. 그것을 감싸고 품기 위해 제 몸을 얼마나 어떻게 내주어야 하는지 알고 있을 뿐이다. 서로 찌르고 찔리면서도 비명 없이 자연스럽게 섞일 수 있게 되는 것, 그것은 슴베와 나무가 상대를 받아들이기 위해 무엇을 해야 하는지 잘 알고 있을 때라야 가능한 것이다.

나는 아직도 장날이면 가끔 대장간 앞을 서성인다. 괜히 기웃거리며 농사꾼처럼 아직 호미나 낫이 되지 못하고 간택되길 기다리며 놓여 있는 쇠붙이들을 자세히 들여다본다. 나를 곁눈질로 보던 대장장이가 손잡이로 쓸 수 있는 단단한 것으로는 대추나무와 박달나무 그리고 노간주나무 등이 있다고 했다. 무엇보다 쇠붙이의 굵기와 힘쓰는 정도에 따라 잘 골라야 한다고 했다. 너무 단단해도 너무 부드러워도 안 된다는 것이다. 요즘은 링을 끼워서 고정시키기도 하지만 옛것을 고집하는 고객들은 여전히 전통 방식으로 만든 것을 원한다고 했다. 아무리 좋은 게 나와도 옛것보다 못하다는 게 그들의 생각이었고 대장간 주인의 생각도 같았다.

끝이 날카로운 것들을 만나면 나는 슴베를 떠올린다. 그 슴베의 아귀에 딱 맞는 손잡이도 함께 따라온다. 가족에게도 친구에게도 슴베를 품지 못하고 불에 던져진 나무처럼 등을 보이고 돌아앉았던 때가 많았다. 옹이만 키워나갈 때도 있었다. 따로 떨어지면 아무것도 아닌 것들이, 하나의 훌륭한 호미나 칼이 될 수 있는 것은 슴베를 알기 위한 나무의 노력이 있었기 때문이다. 얼마만큼 나 자신을 여물게 만들고, 얼마만큼 문을 열어 상대와 섞여야 하는지 호미를 통해 배웠다고 한다면 할아버지 말처럼 그 호미 한 자루가 인간보다 못할 게 없는 것이 맞긴 하다.

등이 기억하는 시간

삶의 시작과 끝. 잘 살아왔다는 것과 잘못 살아왔다는 기준은 누가 정하는가. 답은 어디에도 없다. 삶은 어쩌면 클라인 병을 닮았다. 클라인 병은 시작과 끝을 찾기가 어려운 도형처럼 생겼다. 아가리가 밑바닥과 다시 만나게 되어 있는 것. 안과 바깥을 구별할 수 없고 가장자리도 없는 단측 곡면처럼 모호하다. 입구가 곧 출구이며 안이고 밖이다. 위가 아래고 아래가 위다. 우리의 삶도 클라인 병과 같은 형상일지도 모른다.

어부바.

울며 떼를 쓰다가도 어부바, 하고 등을 내밀면 울음을 그치는 말. 아이들은 내가 등을 내밀며 어부바, 라고 부르면 조르르 기어왔다.

누군가를 '업는다'것과 나는 불가분한 관계다. 어쩌면 11살 때부터 '업는 것'에 길들어졌다. 누군가를 업는 일. 아이든 어른이든 나는 잘 업을 수 있다는 생각이 든다. 어이없게도 나는 업는다는 것에 아주 익숙한 사람이다. 아무도 업지 않고 있으면 뭔가 허전

할 정도로 나는 계속해서 아이를 업었다. 오히려 아이가 등에 착 달라붙는 느낌에 안정을 되찾기도 했다. 등에 업은 채 잠을 잔 적도 많았으니까.

내가 처음 업었던 아이는 막내였다. 다음은 사촌 동생들이 줄을 이었다. 방학 때마다 계속 삼촌 집으로 보내졌다. 분식집을 했던 삼촌 내외는 내가 오길 간절히 기다렸다. 사촌 남동생을 보는 일은 녹록지 않았다. 조금만 맘에 안 들면 울었고 업힌 상태에서도 머리를 사정없이 잡아당겼다. 젖을 떼기도 전에 엄마와 떨어져 좁은 내 등에 업힌 것의 불안증일까. 배고픈 시간을 놓쳐서인지도 모른다. 아이는 말을 못 하니 계속 엄마를 찾는 저만의 몸짓이었는지도 몰랐다. 제풀에 못 이겨 잠든 아이는 내 등에 더 착 달라붙었다.

아이의 울음이 내 등에 스밀 때 그 느낌을 기억한다. 젖을 먹일 시간에 맞춰 숙모 가게에 가야 했지만, 그 시간은 어른들이 정한 것이다. 집과 가게는 걸어서 20분 거리였는데 가는 동안에도 못 참고 울거나 뒤로 몸을 젖히는 통에 같이 넘어지는 경우도 허다했다. 어쩌면 그때 가장 배가 고팠을까. 엄마를 찾는 몸짓이었을까. 종일 엄마 젖을 겨우 두 번 먹는 것이 고작이니 심통을 내는 것도 맞다.

눈앞에 가게가 보일 정도로 가깝게 왔는데 동생이 멀리서 제 엄마가 보이자 내 등에서 옆으로 빠져나갔다. 포대기는 그대로 있고 동생은 땅바닥에 떨어졌다. 동생은 자지러지게 울어댔다. 나는 너무 놀라 어떻게 해야 할지를 몰라 절절매는데 숙모가 뛰어나와 내 등짝을 후려갈겼다. 숙모인들 겨우 스무 살이었으니 무슨 철이 있었을까마는.

그날 동생은 병원에 입원했다. 눈 속에 작은 돌이 들어갔다고 했다. 수술을 하고 퇴원하여 집으로 돌아올 때까지 어떤 꾸지람을 들을지 난 너무나 불안했다. 다행히 다시 아이가 내 등에 업힐 때 비로소 마음이 가벼워졌다. 내 등은 마치 누군가를 업고 있어야 편한 것처럼. 새처럼 팔딱이는 아이의 심장이 다시 내 등을 토닥여준다는 느낌을 받았다. 아무런 일도 없이 아이가 내 등에 업혀 새근거리며 잠이 드는 시간이 얼마나 평온하고 행복한 일인지 그때 첨 알았다.

6학년 겨울 방학 때는 숙모의 분식점에서 둘째를 보며 일도 했다. 애를 보면서도 틈틈이 튀김 재료를 다듬고 소소한 일을 거들었다. 나는 그때 얼른 방학이 끝나서 집으로 돌아갈 날만 손꼽아 기다렸다. 엄마가 환하게 웃으며 나를 반겨줄 것을 상상하며.

엄마는 내 머리에 코를 갖다 댔다. 내 머리카락에 튀김 냄새가 났던 것일까. 가게에 일도 한 거냐, 물었지만 나는 고개를 저었다. 그날, 물을 데워 내 머리를 감겨주었을 때 엄마가 울었던 것 같기도 하다.

엄마는 '앞으로는 가지 않아도 된다'고 말하며 내 등을 쓰다듬었다. 그렇지만 그때 그 말은 믿기지 않았다. 사촌 동생들은 아직 어렸고 한동안 내가 더 업어줘야 했는데도 엄마는 내가 안쓰러워 그렇게 달래준 것이다. 사촌 동생을 업는 일은 거기서 끝나지 않았기 때문이다.

고등학교 진학을 한사코 말렸지만 나는 고집을 부려서 대구로 갔다. 엄마는 그때 단호하게 말했다. 학비든 뭐든 그 어떤 것도 뒷바라지는 꿈도 꾸지 말라고. 엄마는 우리 뒷바라지가 너무 힘들었을 것이다. 다섯 남매 모두 학생이었으니까. 나라도 학업을 포기하고 엄마를 도와 돈을 벌기를 바랐다. 엄마는 내가 믿을 곳이라곤 너밖에 더 있느냐고, 여자가 고등학교 나와서 뭐하냐고 했다. 잠자코 돈이나 벌다가 시집만 잘 가면 되지 않느냐고 설득했다.

오빠는 군대에 가고 없는데 조카는 태어나서 기어다녔다. 올케는 어린 조카를 업고 피아노를 가르쳤다. 그때 큰조카를 업어 키우며 피아노 학원에 오는 애들을 직접 데려오고 데려다주는 일을 했다. 내 또래들이 대학생임을 뽐낼 때 나는 등에 아이를 업고 푸른 이십 대를 다 보내버렸다. 눈만 뜨면 애들을 보다 보니 내 청춘이 이대로 사라지는 것은 아닐까, 하는 조바심도 일었다.

돌아서니 동생들이 줄줄이 아이를 낳았다. 나는 이리저리 불려 다니며 조카들을 봤다. 막냇동생이 연년생으로 아들 둘을 낳은 후 아직 애들이 어린데도 미술학원을 열었다. 학원이 안정될 때까지만 조카를 좀 봐달라고 해서 나는 막내 학원에 딸린 방에서 살기도 했다. 내가 가는 곳마다 어린애들이 있었다. 나는 전생에 보모였나 하는 생각도 들었다. 끝없이 애를 봐야 했으니까.

정작 나는 내 아이를 한 번도 가져본 적이 없다. 늦깎이 공부를 하느라 시간은 손가락 사이로 모래알처럼 빠져나갔다. 그렇지만 후회는 없다. 그 또한 소중한 내 삶의 무늬결이니까. 아무도 대신할 수 없는 나만의 삶이었으니까.

이제 내 등에 업혀 자랐던 조카들은 가정을 꾸리고 잘살고 있다. 아무도 나한테 더는 아이를 봐달라고 연락하는 일은 없다. 동생들도 다 잘산다. 사촌도 나름대로 숙모 잘 모시며 단란한 가정을 꾸리고 있다. 시간 속에 추억만 남았을 뿐이다. 내 등에 업혀 자랐던 형제, 조카들. 다들 건강하게 잘 살아있는 것만으로 감사한다.

내가 마지막에 업은 사람은 엄마였다. 내 나이 마흔한 살 때, 엄마가 지병으로 병원에 일 년 있었다. 그때 엄마를 업은 것이 나로서는 누군가를 업는 것이 마지막이었다. 엄마도 아이처럼 가볍다는 것도 그때 처음 알았다. 고단한 삶을 살다간 엄마를 생각하면 오히려 마음이 저려온다.

등이 허전하다. 나는 이제 더는 업을 사람이 없다. 돌아보니 그 때는 업는 것이 어린 내게는 노동처럼 힘겹게 느껴질 수도 있었지만, 한편은 사랑이고 보람이었다. 내가 나를 잘 업고 가면 될 일만 남았다.

어부바. 속으로 되뇌어본다. 아이를 업었던 등이 느끼는 시간을 어루만진다. 누군가를 위해 등을 내밀 수 있었던 시간. 내 등 뒤로 겨울 햇빛 한 줄기가 따스하게 내리쬔다.

그랭이질

맞물려야 할 것들이 어긋나기 일쑤다. 서로 아귀가 잘 맞지 않은 것들은 오래 버티지 못하고 무너진다. 공을 들여서 쌓아도 마지막 한 개의 돌을 올리는 순간 와르르 무너지는 돌탑처럼.

마당 한 귀퉁이에 스무 평 남짓 텃밭을 일구었다. 잡초를 뽑아내는 것보다 더 힘든 일은 돌멩이를 주워내는 일이었다. 파헤쳐 보니 흙보다 땅에 묻힌 돌이 더 많다. 돌멩이는 내가 생각한 것보다 훨씬 더 많았다. 땅속에 거대한 돌무덤이 묻혀있었던 것처럼 계속 나왔다. 마당에 캐낸 이 많은 돌을 치우는 일도 만만치 않다. 어디에 치워야 할지, 고민하다가 한 가지 꾀를 냈다. 그늘진 곳에 돌탑을 쌓기로 했다. 어쩌다가 산기슭에 누군가가 쌓아놓은 돌탑이 생각났기 때문이다.

마당에서 파낸 돌들은 아주 못생겼다. 끝이 뾰족하거나 울퉁불퉁해서 쌓기가 녹록지 않았다. 몽돌처럼 둥글고 매끄러워서도 안 되겠지만 하나같이 볼품없는 돌들이었다. 그중에 가장 펑퍼짐한 돌을 몇 개 골라 바닥부터 깔았다. 돌탑의 주춧돌인 셈이다. 나는 한꺼번에 쌓기가 힘들어 며칠을 두고 조금씩 쌓아갔다. 중간에 잠시 그냥 손수레에 싣고 냇가에 갖다 버릴까, 고민도 했다. 그렇지만 이미 절반을 넘어서는 돌탑이 아까워 끝까지 쌓아 보기로 맘먹었다.

쌓고 허물기를 반복했다. 어떤 것은 쌓다가 균형을 잃고 넘어졌다. 시간이 갈수록 돌을 쌓는 일에 조금씩 요령이 생겼다. 모양이 다른 돌들을 서로 엇갈리게 아귀를 맞춰보았다. 어떤 것들은 처음부터 한 몸이었던 것처럼 딱 들어맞는 것도 있었다. 제풀에 이기지 못해 한쪽 귀퉁이가 툭, 떨어져 나가는 힘없는 놈도 있었다. 깨진 돌은 그 자체로 적절한 틈새를 채워 넣었다. 빈틈을 찾아 알맞은 뾰족한 돌을 끼워 넣었다. 높이를 맞추어 가면서 탑이 무너지지 않도록 층층이 그랭이질을 한 셈이다. 내가 만든 작은 탑은 마법의 성처럼 웅장하지도 않고 그 속에 깊이 잠든 왕자님도 없겠지만 천덕꾸러기처럼 뒹굴던 하찮은 돌들이 감쪽같이 숨어버렸다. 쌓고 보니 원래 그 자리에 서 있었던 것처럼 그럴싸했다.

우리 집 맞은편, 노인정 앞에 정자가 하나 있었다. 지금은 도로 확장 공사로 인해 허물어졌지만, 그 정자 다리를 잡고 있었던 것은 넓적한 돌이다. 울퉁불퉁한 돌 위에 나무 기둥을 세웠다. 얼핏 보면 불안해 보일 수 있지만, 정자 다리가 미끄러지지 않고 돌을 디디고 서 있을 수 있도록 나무의 밑동을 자연석에 맞춰 파내었다. 옛날에는 저런 공법으로 지은 집이 꽤 많았다. 조상의 지혜를 엿볼 수 있는 건축 비법이라고 할까. 내가 사는 마을에는 아직도 옛날에 지은 집들이 더러 있는데 지진에도 끄떡없이 제 모습을 그대로 간직하고 있어 대견하다.

그대로. 옛집의 특징 중 하나의 모습이다. 기둥, 대들보, 주춧돌 등을 나무 모양, 돌의 모양에 맞추어 '있는 그대로'를 살려 집을 지었다. 반듯하지 않아도 굳이 직각이나 수평, 수직을 고집하지 않고 자연스러움을 최대한 살려 짓는 집. 땅이 평평하지 않아도 있는 그대로 기존에 있던 것을 살려서 짓는 고건축의 미.

오래전, 할아버지가 지은 집도 저렇게 생겼다. 마당에 넓적한 돌을 치우지 않고 그 위에다 기둥을 세웠다. 할아버지가 돌아가신 이듬해 이사를 했지만, 그 집이 무너졌다는 소리는 없었다. 오래된 옛날 집이나 건물들은 참 신기하다. 서로 다른 모양들이 만나 맞춰가는 것. 돌과 나무가 만나 서로를 내어주는 시간 속에 단단해지는. 나무와 돌 뿐 아니라 돌과 돌, 나무와 나무를 밀착시킬 때도 그렇다. 서로 이가 맞으려면 그랭이질을 해 주어야 한다.

서로 다른 모습으로 살아가는 사람들도 그랭이질이 필요함을 느낀다. 서로 다른 것들끼리 맞춰가는 방법, 나와 다른 타인을 끌어안을 맘 그릇부터 챙겨야겠다는 생각이 든다. 모양새가 판이하였던 돌들도 서로 맞물리도록 쌓아두고 보니 꽤 운치가 있지 않은가. 어설픈 솜씨로 쌓은 돌탑들은 바람이라도 불어오는 날이면 아마도 서로를 더 힘껏 부둥켜안을지도 모르겠다.

흰

누군가 하얀색은 슬픔이라 했다. 흰빛을 오래 바라보고 있으면 공허감이 밀려온다. 너무 단순해서일까. 따스한 봄빛에 눈을 감으면 눈꺼풀에서 부서지는 햇살이 흰빛으로 튄다. 아무것도 없는 것이라 여겼던 빛에서 터져 나오는 찬란한 기운들.

담을 하얗게 칠하고 싶어졌다. 내 집 마당은 조화롭고 풍요롭다. 달마다 날마다 색을 바꿔 피는 크고 작은 꽃들과 눈으로도 배부른 싱싱한 먹거리와 잔디 사이로 먹이를 쪼고 있는 서너 마리 닭들, 오다가다 들러 배 깔고 엎드린 고양이까지.

딱 한 군데, 과일보다 탐스러운 수국 뒤로 얼룩덜룩한 담이 눈에 거슬렸다. 이웃집 외양간과 붙은 담벼락이다. 담 너머로 이웃집 소들이 살고 있다. 냄새야 시골에 올 때부터 기꺼이 치러야 할 대가라고 각오했다. 그러나 소 오줌과 여물 찌꺼기 같은 얼룩이 배어 있는 담벼락이 눈에 들어오면, 전원생활을 꿈꾸었던 내 성급함에 고개를 설레설레 흔든다. 가끔 누리끼리한 소가 머리를 치켜들고 담을 넘겨다본다. 마당에 앉아 오후의 느긋함을 즐기고 있던 내 눈과 멀뚱멀뚱한 소의 눈이 딱 마주치면 나는 깜짝 놀라 늘어진 몸을 일으키고, 내가 부러 놀라게 하기라도 한 듯 소도 움찔거린다.

하얀 페인트로 호기롭게 칠을 시작할 때만 해도 순수한 단색의 화가 말레이 비치의 말을 염두에 두었다. 자유의 심연을 가져다 줄 흰 빛, 그 무한이 눈앞에 펼쳐지리라고 기대했다. 말레이 비치가 말한 흰 종이 위의 흰 종이. 흰색 위에 얹힌 흰색, 그 둘에 경계가 있을까. 단순할수록 진리에 가깝다는 철학의 종결이었다. 흰 벽은 어떤 색과 짝을 지어도 조화로울 거라 자신만만하게 시작했지만, 곧 쓸데없는 일을 하고 있다는 것을 깨달았다.

내 행동은 찌들대로 찌든 담벼락을 하얀 페인트로 감춰보려는 어리석은 수작이었다. 더러워진 담을 흰색으로 덮으면 감쪽같아질 거로 생각했다. 한 번 칠했을 때는 오래되어 굳어버린 찌꺼기들이 우둘투둘하게 드러났지만, 한 번 더 두껍게 색을 입히면 될 거로 생각했다. 그런데 두 번 칠했을 때는 오히려 그 속에 감춰진 얼룩들이 더욱 불거져 억지스럽기 짝이 없었다. 이웃들이 혀를 끌끌 찰 것을 생각하면 이런 촌구석에서 자연이 만든 자국을 페인트로 지워보려는 내 시도가 한심하게도 비칠 수도 있겠다.

흰빛은 모든 색이 섞인 색이라고 했다. 희게 보이는 것은 눈이라는 감각기관의 한계성 때문이다. 그것을 알면서도 나는 괜히 빛의 원리를 등에 업고 내가 보고 싶은 것만 보려고 했다. 내 눈의 한계는 내 눈을 속이려는 가증스러운 행위와 맞닿아 있음을 스스로 깨닫게 해주었다.

허먼 멜빌은 〈모비딕〉에서 흰색을 바라보며 말했다. 우리를 등 뒤에서 찌르는 "소멸에 대한 생각"이라고. 그래. 소멸이다. 동감한다. 소멸은 천천히, 그리고 오래 진행된다. 멜빌은 흰색을 '아주 오랜 시간'이라고 했다. 색을 두고 시간이라고 표현한 것을 처음 접한 나는 그저 할 말을 잃는다. 역시 위대한 작가의 기막힌 인식이다. 어떤 흔적도 남기지 않는 완전한 소멸을 위해서는 기나긴 시간이 필요하다는 뜻일까. 그는 '오랜 시간'을 '사악'하다고도 했는데, 있다가 없어진 것이 아니라, 처음부터 아예 있지도 않았던 것처럼 감쪽같이 없애버리기 때문인가. 사유가 얼마나 깊으면 그 경지에 오를 수 있을까.

소설가 오정희는 "싸리나무 대문에 꽂힌 흰 봉투는 죽음"이라 했다. 누군가의 죽음을 알리는 봉투. 희디흰 것은 죽음과 닿아있는 것처럼 느껴진다. 알 수 없는 공포로 가득한 세계로 걸어 들어가는 길. 소멸하여 가는 생명은 그래서 창백하다. 슬픔의 색답다.

페인트가 꾸덕꾸덕 말라가는 벽을 바라보고 앉아 이런저런 생각에 잠긴다. 그러다가 허먼 멜빌이나 오정희가 말했던 것처럼 흰색을 소멸로, 그리고 소멸을 죽음으로 해석하고 싶지 않았다. 흰색이 정말 소멸의 색이었다면 모든 것을 없애주어야 했다. 기나긴 시간 쌓인 얼룩들과 쓰디쓴 냄새의 기억들과, 아린 슬픔과 후회 같은 것들을 더는 생각나지 않게 해주어야 했다. 그러나 하얀 페인트만으로 지워지지 않은 것, 겹겹이 칠한다 해도 색보다 더 강하게 새어 나오는 것, 그것은 덮으려 해도 덮을 수 있는 게 아니었다. 덧씌울 수는 있어도 없앨 수 있는 게 아니었다. 나는 하얀색으로 무엇을 지우고 싶었을까. 정직하게 말하면 소의 얼룩이 아니라 내 생의 얼룩이 아니었을까.

살아온 시간을 더듬어 본다. 타인을 속인 기억은 없지만 나 자신을 속이려 했던 기억은 많다. 어린 나를 일터로 내몰았던 부모님에 대한 원망. 타지에서 외로움에 오래 떨었던 시간. 연필 끝을 물어뜯으며 버텼던 학업에 대한 열망들. 내 속에 다 숨겨놓고 가끔 혼자 아무 일도 없는 척 시침을 떼며 견뎌오지 않았나.

눈을 속인다고 마음마저 속일 수 있을까. 지저분한 얼룩들을 흰 페인트 속에 봉인하듯 꽁꽁 가려야겠다고 여긴 내 생각을 수정하기로 했다. 담벼락 속에 배인 시간의 흔적과 삶의 무늬들은 지워야 할 것이 아니었다. 오히려 깊은 어딘가에 숨어 있다가, 삶의 지독한 통증에 의해 민낯을 드러낼 때, 화가 수르바란이 그린 어린 양의 영혼처럼 되살아나리라는 것을 알았다. 육신의 고통에

서 해방된 새로운 생명. 그것은 더는 소멸이 아니었다.

그저 지저분한 얼룩을 지워보겠다는 생각으로 시작한 일이 흰 빛깔에 대한 단상을 불러일으킬 줄 몰랐다. 흰, 그 무(無)의 색은 무언가를 채울 수 있는 시작의 색이며, 모든 것을 지워버린 마지막의 색이다. 시작과 마지막이 공존하는 색. 그 백색의 세계는, 아무것도 없으며 또한 모든 것을 가지고 있는 공간인 셈이다. 비어있는 곳. 비어있는 공간은 자유로운 곳이며 무한한 곳이다.

여학생 때 하얀 운동화에 작은 얼룩도 용납할 수 없어 분필을 넣어 다니며 슬쩍 칠하곤 했다. 그땐 티 하나 없는 운동화를 신고 자박자박 걸으면, 마치 세상과 분리된 듯 스스로를 고독 속에 밀어 넣었다. 새벽을 걷는 것처럼 무한한 미지의 세계로 빠져들던 때가 아니었나 싶다.

나이를 먹고 보니 때로 내가 만들어낸 얼룩들마저 소중하여 그냥 두고 싶을 때가 있다. 미워했던 시간도, 부끄러운 욕망도, 실패했다고 여겨지던 선택도 따지고 보면 모두 내가 여기, 바로 이곳에 살았다는 알리바이가 아니겠는가. 시간이 지나면 자연스레 사라져 버릴 것들을 애써 지우지 못해 안달할 이유가 있을까.

어설픈 페인트칠로 모든 자국을 덮을 수 없다면 차라리 그대로 두고 그 얼룩들에서 소들의 긴 울음소리를 들으리라. 그 위선 없는 자국들에서 있는 그대로의 질펀한 생을 온몸으로 느끼리라.

그리고 고개를 치켜들고 담 너머 기웃거리느라 끔벅거리는 소의 선량한 눈빛을 오래 바라보리라.

집으로 가는 길

어머니의 집은 어디일까. 언제부턴가 어머니는 자꾸 말했다.

"얘야, 집에 가자."

그때마다 나는 매번 엄마에게 말을 바꾸었다. "내일 가요", "오늘은 너무 추워요", "오늘은 바빠요"라고. 그럴 때마다 어머니는 순하디순한 아이처럼 말했다. "으응, 그렇나."라고 매번 같은 대답을 하셨다.

코로나가 한창일 때 친구 어머니의 부음을 들었다. 요양원에 딸린 장례식장은 텅텅 비어 있었지만, 조의금만 전하고 재빨리 밖으로 나왔다. 나오자마자 참았던 숨을 내쉬고 벤치에 앉았다. 햇살 좋은 요양원 마당에는 어느 중년 여자가 휠체어를 밀고 있었다. 언제 돌아가셔도 이상하지 않을 만큼 쇠한 할머니가 몸을 삐뚜름하게 겨우 지탱한 채 휠체어 위에 얹혀 있었다.

"가 ……."

할머니가 들릴락말락한 목소리를 냈다. 둘은 모녀 관계처럼 보였다. 딸이 무어라고 말하는데 잘 들리지 않았다. 두 사람은 얼굴의 반이나 되는 마스크를 쓰고 있어서 내게까지 들리지 않았다. 그저 짐작하기를 어머니가 딸에게 이제 그만 집으로 돌아가라고 말하고 있는 줄 알았다. 그러나 ….

"가 ……자."

할머니는 어디론가 가자고 재촉했다. 딸은 안 된다고 했다. 여자는 휠체어를 밀고 그저 요양원 마당을 돌고만 있었다. 내가 앉아 있는 곳을 지나쳤다가 멀어졌다가 다시 지나치기를 반복하면서 같은 말들이 들려왔다. 아마 저 할머니는 곧 돌아가실 것이다. 나는 점쟁이처럼 노인의 죽음을 예감했다.

내 어머니도 요양원에서 삶을 마감했다. 돌아가시기 몇 달 전부터 나만 보면 졸랐다.

"집에 가자."

어머니는 당신의 집이 있다고 생각했던 것일까. 당신이 가면 안락하고 따스한 방바닥이 기다리고, 당신이 쓰던 솥에서 밥이 끓고 냄비에서 생선조림이 익고 있을 거라고 생각했던 걸까. 내게 어머니의 그 말은 유언으로 들렸다. 힘겨운 투쟁이었던 기나긴 여정을 끝내고 이제 그만 집으로 돌아가고 싶다는 ……. 죽음에 직면한 사람들은 자신들이 어둠의 세계로 다가가고 있는 중이라는 것을 눈치 챌 것이다. 한때 젊음과 도전으로 가득 차 있을 때도 있었지만, 집으로 가는 길조차 영영 잃어버리기 전에 이제 발걸음을 돌리려고 하는 것이다.

처음 요양원에 모실 때 어머니 상태가 조금만 나아지면 다시 집으로 모시겠다고 아들도, 큰딸도, 작은딸도 약속했지만, 그것은 의미 없는 약속이 되었다는 것을 모두 알고 있었다. 어머니의 짐은 하나하나 버려졌다. 어느 집에도 어머니의 물건을 쌓아두진 않았고 요양원 침대 아래에 밀쳐둔 라면 박스 하나 안에 들어 있었다. 어머니가 한평생 모은 게 그것이 다였다.

어느 추운 날 어머니에게 두꺼운 외투를 입히고 목도리를 얼굴까지 챙챙 감고 털모자를 깊숙이 씌우고 휠체어에 태웠다. 감기가 걸려도 책임을 질 수 없다는 요양원 측의 단호한 말을 듣고도 밖으로 나왔다. 어머니의 간절한 청을 더는 무시할 도리가 없었기 때문이다.

나는 휠체어를 끌고 하릴없이 이 거리 저 거리를 돌고 근처 마트를 돌고 골목을 돌고 돌았다. 어디로 가야 할지 나도 몰랐다. 그렇게 바람이 매서운 날 몇 시간이나 다녔다. 여기저기 돌아다니다 보면 어머니는 집에 가려고 했던 기억을 잊어버릴지도 모른다 싶기도 했다. 혹은 지쳐서 요양원으로 돌아가자고 할지도 모른다고 생각했다. 간간이 내게, 잘 가고 있냐? 너 춥지? 묻기만 할 뿐 어머니는 끝끝내 요양원으로 돌아가자는 말을 하지 않았다. 그때마다 나는 집에 가고 있으니 조금만 기다리라고 대답했지만 사실 나는 찬바람을 핑계 삼아 울고 있었다.

어머니가 그토록 그리워했던 그 집에는 아무도 살지 않았다. 아들이나 딸이나 어머니에게 집이 더 이상 필요하다고 생각하지도 않았다.

“내 집으로 가자.”

“여기가 엄마 집이야.”

“아니야. 여긴 내 집이 아니야.”

10년이나 머문 공간을 두고 그렇게 말했는데, 그것이 어머니가 내게 죽음을 가르쳐주려고 한 게 아니고 무엇인가.

“엄마 집이 어딘데?”

놀랍게도 어머니는 10년도 더 전에 살던 집 주소를 정확하게 말했다. 그곳이 어머니가 살던, 어머니만의 방이 있던, 어머니의 기억 속의 마지막 집이었다. 다른 주소를 더는 기억해 내지 못하는 어머니.

쪼그라든 어머니의 몸피는 마치 오래 시든 귤 같았다. 이 작은 몸에서 나온 우리 형제와 그 아이들과 또 그 아이들까지 스무 명은 넘었지만 어머니는 갈 집이 없었다. 오래전에 돌아가신 아버지 무덤 곁에 마련되어 있는 두 평 땅만이 어머니를 기다리고 있었다.

어머니는 내가 끄는 휠체어에 앉아서도 언제까지나 계속 발을

옮기고, 그 걸음은 집을 향해 가고 있었다. 어머니에게 집은 그냥 어떤 공간이 아니라 당신이 창조한 하나의 세계였을 것이다. 그것은 가없는 세월을 굳건히 버틴 자취일 것이다.

노인은 말한다.

"집으로 가자 ……."

주소와 이름을 말한다. 자꾸 말한다.

볕이 좋은 날 휠체어에 몸을 싣고 계속 간다. 가도 가도 어머니의 집은 나오지 않는다.

수문지기의 열쇠

쇠막대의 위력은 대단했다. 생명을 여는 힘을 가졌다. 걸쇠라 하지 않고 열쇠라고 이름 붙인 것은 '연다'는 의미에 방점이 찍혀 있다.

아버지는 쇳덩어리 하나로 온갖 생명의 비밀을 발견한 것처럼 보였다. 어떻게 열쇠 하나로 삶을 파악할 수 있을까마는 냉정하게 버티고 선 삶의 문턱에서 문 너머 비밀의 언어에 귀를 기울이지 않았을까.

묘지에는 묘지기가 있고, 물의 맥이 흐르는 곳에는 수문지기가 있다. 아버지는 수문지기였다. 돌아가시는 날까지 당신에게 맡겨진 수문 열쇠를 목숨처럼 여겼다. 범을 닮은 바위가 있다고 해서 호리못이라 불린 그곳, 아버지가 돌보던 저수지로 나를 데려가곤 했다. 자랑스럽고 당당하게 수문 열쇠를 자전거에 싣고 힘껏 페달을 밟았다.

아버지가 수문을 여닫는 모습을 보면서 쇳덩어리 하나의 대단한 힘을 보았다. 삶을 여는 힘. 열쇠는 주인의 말을 알아듣는 고분고분한 짐승처럼 보였다.

"모든 생명은 이곳에서 나온단다."

그곳에서 내게 삶의 비밀을 가르쳐주려던 게 분명하다. 찬란해 보이지만 덧없거나, 아무 일도 일어나지 않을 것처럼 침묵하고 있지만, 한없이 두려운 자연의 이치를 보여주려는 거였을 거다. 삶이 메마를 때나 위기에 내몰릴 때 나만의 열쇠를 간직하고 하나하나 조절해 나가기를 바랐을지도 모른다.

수문(水門).

이편과 저편 사이에 가로 놓인 두터운 철문. 삶과 죽음의 경계선. 물속에는 삶과 죽음이 숨어 있다. 아버지는 물줄기를 여닫으면서 그 경계를 터득했는지도 모른다. 가뭄으로 생명들이 타들어 갈 때 아버지에게 그 일은 거부할 수 없는 숙명이었을까.

아버지는 종종 열쇠를 정성스럽게 기름천으로 닦았다. 자식인 듯, 목숨인 듯. 온 동네 논에 공평하게 물을 나누려는 마음으로, 한 사람을 위해 열쇠를 함부로 사용하는 법이 없었다. 어린 우리 형제들에게도 그 일이 얼마나 중요한 것인지 알려주며, 열쇠를 깊숙이 감춰두고 누가 와도 절대 내어주면 안 된다고 단단히 주의를 주었다. 우리는 큰 비밀을 공유했다는 느낌이었다. 아버지가 뒷짐을 지고 날씨를 가늠하면서 하늘을 올려다보면 우리도 괜히 아버지 옆에서 구름과 참새나 잠자리 떼를 올려다보았다. 자연의 말 없는 움직임을 엿보려는 아버지의 모습이 어떤 성스러운 의식처럼 보였다. 아버지는 자신의 논에 먼저 물을 대겠다고 떼쓰는 이에게는 열쇠를 더 깊이 감추었다. 농부에게는 삶의 전부인, 모든 논에 차례로 피돌기를 시켜야 한다는 것이다.

피돌기. 아버지는 논에 물을 대는 일을 그렇게 표현했다. 피. 생명.

마치 생명의 비밀을 알고 있기나 하는 것처럼, 나는 아이들이 "수문지기 가시나"라고 놀리는 말에도 허리를 꼿꼿이 세우고 다녔다. 생명을 나누는 열쇠를 갖고 있는 집의 딸이 아니었던가.

시퍼런 물줄기가 아버지에 의해 일제히 움직이는 광경은 장관이었다. 열쇠를 돌리면 물줄기가 거대한 용처럼 천천히 몸을 틀었다. 쇳덩이 하나의 힘은 실로 컸다. 그 크고 무거운 조절 열쇠를 자유자재로 움직이는 아버지의 뒷모습은 늠름했다. 땀에 젖은 등을 보면 나도 세상의 이치를 조금이라도 깨우친 듯 괜스레 두근거렸다.

어느 해는 엄청난 홍수가 났고 저수지 둑이 무너져 하천가에 있던 우리 집이 속수무책으로 떠내려갔다. 순식간에 가족이 살던 집이 사라져버렸다. 물에 떠내려간 식구가 없다는 사실을 커다란 위안으로 삼았지만, 그 일이 있고부터 나는 가끔 아버지를 의심하기도 했다. 아버지가 소중히 여기던 열쇠의 힘을. 그리고 아버지의 일이 진짜 생명을 지키는 것일까, 하고.

아버지는 제때에 수문을 열지 못해 둑이 무너졌다고 여긴 것 같다. 태풍이 오거나 장마철에는 하루에도 몇 번씩 저수지 문을 여닫았다. 아버지가 저수지로 나가면 어머니와 우리 형제들은 또 집이 떠내려가지 않을까, 집 밖에서 아버지가 돌아올 때까지 기다리곤 했다. 배고프다는 말도 감히 할 수 없었다. 비를 뚫고 시커먼 물줄기와 싸우며 열쇠를 돌리고 있을 아버지를 생각하면 다른 건 중요하지 않았다. 아버지인들 괴물같이 덮쳐오는 물 덩어리가 두렵지 않았을까. 흠뻑 젖은 몸으로 집에 돌아오는 아버지를 보고서야 안도의 숨을 쉬던 어머니. 비가 그치고 햇살이 마당에 들면 빗물이 질퍽한 아버지의 장화를 거꾸로 세워 물기를 말끔히 말렸다.

지금은 아버지도, 수문 열쇠도 없지만 변함없는 건 내가 수문지기의 딸이었다는 사실이다. 그 딸은 지금까지 삶의 비밀을 알지 못한다. 그러나 아버지의 말은 기억한다.

"아무리 열쇠를 비틀어도 물을 맘대로 할 수는 없다. 내가 오라 한다고 해서 오지도 않고, 가라 한다고 해서 가는 것이 아니다. 삶도 그렇다."

아버지는 물을 열어 생명을 불어넣기도 하고 물길을 닫아 생명을 지키기도 했다. 그러나 '물은 흐르는 것'이라 아버지는 말하지 않았던가. 이해할 수는 없지만 그런 말을 들으면 한없이 경건해졌다. 내가 모르는 더 큰 비밀이 있으니 까불지 말라는 경고처럼 들렸다.

아버지는 물길을 조절하며 삶을 보았을까. 세월에 떠밀려 흐르는 삶도 조절하고 싶었을까. 삶을 조절하는 수문지기 열쇠는 없는 것일까.

나는 지금, 나의 열쇠는 무엇일까 생각해 본다. 세상 사는 게 한없이 암담할 때 무엇으로 그 문을 열어나갈까. 수문지기 아버지처럼 나만의 열쇠를 하나쯤 갖고 있다면 언제 어떻게 그 문을 여닫아야 할지 알 수 있을 것이다. 같은 열쇠는 없다. 그러니 어떤 일이든 그것을 푸는 열쇠는 각기 다르지 않겠는가. 다른 이에게 빌릴 수도 없고 대신해 줄 수도 없는 삶의 문. 그 삶을 조절하는 열쇠 하나는 있을 법도 하다.

무쇠꽃

2부

엄마의 뒤안

늘 뭔가가, 어떤 것 하나가 부족해 보이는 풍경이 있었다. 매일 새벽잠이 덜 깬 눈을 비비며 빗자루를 들고 갔던 뒤안이 그런 공간이었다. 엄마의 낡은 냄새가 나는 그곳.

눈만 뜨면 뒤안을 쓸어야 했다. 엄마는 잠이 덜 깬 우리에게 빗자루를 쥐어 주며 마당을 쓸라고 했다. 동생은 앞마당을, 나는 뒷마당을 쓸라는 것이다. 사람들이 드나드는 앞마당만 쓸면 될 텐데 굳이 뒤안을 왜 쓸어야 하는지 알 수 없었다. 투덜대면서도 엄마의 말을 거역하지는 않았다.

뒤안은 대체로 깔끔했다. 내가 부지런히 쓸기도 했지만 서까래가 담장 바로 앞까지 이어져 지저분한 것들이 바람에 날아들지 못하도록 지어진 탓도 있었다. 흙담의 한가운데에는 나름대로 멋을 낸 마름모꼴의 구멍이 뚫려 있어서 밖의 풍경을 그대로 볼 수 있었다.

엄마는 그곳에서 자주 울었다. 엄마를 찾다가 뒤안에서 쪼그리고 있는 엄마의 뒷모습을 발견하게 되면 나는 엄마를 부르지도 못 하고 발소리를 죽여 뒤돌아서곤 했다. 어째서인지 밖으로만 도는 아버지와, 오랜 치매를 앓고 있었던 할아버지와, 아직 어린 우리 남매들을 감당하기엔 엄마가 너무 왜소했다. 그런 엄마가 어두운 밤에 뒤안 벽 한쪽에 쪼그리고 앉아 등을 들썩이고 울고 있으면, 귀퉁이에 처박혀 있는 깨진 장독보다 더 캄캄하고 더 작고 더 슬퍼 보였다.

낮에도 간혹 엄마가 안 보이면 나는 발자국 소리를 죽이고 뒤안을 기웃거렸다. 어떨 땐 엄마는 없고 엄마가 앉아 있던 낡은 나무 의자가 담장 밖으로 뚫려 있는 구멍을 향해 동그마니 놓여 있었다. 나도 엄마처럼 그 의자에 앉아 보았다. 내 눈높이보다는 구멍의 위치가 높아서 엉덩이를 약간 치켜들어야 그곳을 통해 밖이 보였다. 밖은 액자 속에 그려진 한 폭의 정물화처럼 저 멀리 높은 전봇대가 줄지어 서 있는 큰 길이 보이고, 그 뒤로 온갖 풍문이 떠도는 저수지도 보였다. 누가 뛰어내렸다더라. 누가 사라진 지 한 달 만에 떠올랐다더라, 엄마는 여기 앉아서 무엇을 보고 있었을까. 어디론가 떠나는 신작로의 버스를 보고 있었을까. 어딘가에서 돌아올 버스를 기다리고 있었을까. 저수지 주변을 서성거리는 어떤 이의 모습을 보고 있었을까.

엄마는 왜 매일 그 뒤안을 나보고 깨끗이 쓸라고 했을까. 겨우 우리에게 들키지 않으려고 혼자 몰래 가서 울 거면서 왜 그곳을 쓸고 또 쓸라고 했을까. 저 혼자 조용히 앉아 있는 의자는 내게 그 대답을 해주지 않았다.

내가 그때의 엄마 나이가 되었을 즈음 마당이 있는 집으로 이사를 했다. 집을 고를 때 나는 이상하게도 뒤안을 먼저 돌아보았다. 이전 집주인이 뒤안을 어떻게 여겼는지 궁금했기 때문이다. 어떤 뒤안은 그저 잡동사니를 쌓아둔 창고쯤으로 취급받고 있었고, 어떤 뒤안엔 밥상에 오를 소중한 야채가 싱그럽게 자라고 있었다. 내가 고른 집은 어쩌면 안주인만의 사색 공간으로 뒷마당이 존재하지 않았나 싶은 생각이 들었다. 안락하면서도 비밀스러운 공간. 그러나 외롭지도 차단되지도 않은 곳. 나지막한 담장 안은 안온하면서도 바깥세상을 볼 수 있는 공간이었다.

뒤안에 나도 엄마처럼 의자를 하나 가져다 두었다. 어쩌면 어느 어미 새가 둥지를 틀기 위해 나뭇가지를 물고 가다 떨어뜨렸을 나뭇가지들과 새의 깃털이 몇 가닥 뒹굴고 있었다. 나는 그곳을 특별히 가꾸지도 외면하지도 않는다. 다만 한 번씩 집안 식구들이나 세상 사람들과 숨바꼭질 같은 것이라도 하고 싶을 때 그곳에 가서 조용히 의자에 앉는다.

어쩌면 엄마는 밖을 향해 뚫린 담을 통해 어디론가 훌훌 떠나가는 자신을 보았을지도 모르며, 저수지를 향해 자박자박 걸어가고 싶은 마음을 달랬을지도 모른다. 그렇게 한참 거기 앉아 울고 나면 다시 배고픈 아이들의 목소리가 들리고 며느리도 몰라보는 할아버지의 마지막이 안타까워졌을 것이다.

엄마에게는 아무도 모르는 공간이 필요했다는 생각을, 나는 어쩌면 어린 나이에도 어렴풋이 조금은 알고 있었을까. 내가 빗자루를 들고 더 깨끗이 쓸어야 엄마의 뭉친 가슴속도 뒤안처럼 말끔히 씻겨나갈 거라고 생각했는지 모른다. 그래야만 뒤안을 돌아서 나올 때 엄마는 담장의 능소화처럼 환한 얼굴로 우리를 바라볼 거라 생각했던 것 같다. 그래서 나는 하품을 해대면서도 새벽마다 요령을 피우지 않고 뒤안을 쓸어야 했다.

나는 얼마나 오래 의자에 앉아 있었는지 노을이 내 뺨을 빨갛게 물들이는 것도 잊은 채, 저릿한 다리를 일으켜 뒤안을 쓸기 시작했다. 내가 눈물을 흘린 것도 아닌데 무심코 지나가던 노을이 내 뺨의 물기를 건드리고 있었다.

엄마의 뒤안에 내가 있다고 해서 엄마를 제대로 이해할 수는 없었던 것처럼 나 역시 누구에게도 이해받을 수 없는 것이 있다. 엄마가 그 옛날 그곳에서 엄마의 삶을 지탱할 수 있는 무언가를 얻을 수 있었다면, 나 또한 나를 씻어내는 나만의 은밀한 공간이 필요하지 않을까.

모래의 눈

한동안 내 속에 자갈을 담고 살았다. 잘그락거리는 소리를 들으면서도 내 안에서 나는 소리라는 것을 몰랐다. 그 소리에 귀를 기울여본 적도 없다. 그저 누군가가 내 안에 자갈을 잔뜩 부어놓았다는 생각만이 가득 찼던 때였다.

매일 석양빛을 품은 모래를 맨발로 밟는다는 생각은 나를 설레게 했다. 해수욕장 가까이에 이사할 때만 해도 하루의 피곤함을 모래가 풀어줄 수 있으리라 생각했다. 어릴 적 친구와 비 오는 운동장을 맨발로 걷던 그날처럼 다시금 위로받는 시간을 기대했었다. 친구와 나는 초등학교 수학여행을 가지 못했고, 텅 빈 운동장에서 만났다. 비가 제법 내렸고 수학여행을 간 아이들을 고소해하며 서로 위로했다. 그래도 혼자가 아니라 둘이라는 사실이 우리를 덜 우울하게 해주었다. 그때 우리들의 발가락 사이로 젖은 흙이 미끄러져 올라왔다. 나는 지금까지 그 감촉을 잊지 못하고 있다. 아마도 그 감촉은 가난하고 우울한 내 어린 시절을 위한 최고의 위로가 아니었을까.

모래사장을 맨발로 걷겠다는 내 생각은 큰 오산이었다. 사막에 온 듯, 오로라를 본 듯 자연의 극치를 맛볼 수도 있다는 거창한 희망은 아쉽게도 빨리 무너졌다. 17층에서 바라본 새벽의 모래사장은 내게 약간의 허탈감을 가져다주었다. 해가 조금 더 떠오르면 반짝이는 금빛 모래를 볼 거라는 기대로 모닝커피 한 잔을 들고 베란다로 나갔다. 그러나 가장 먼저 내 눈에 들어온 것은 노란 옷을 입은 청소원들이었고, 그들의 손에 들려있는 엄청난 양의 쓰레기였다.

밤이면 피서객들이 해변에 넘쳐났다. 그들은 밤새 떠들고 뭔가를 먹고 마시고 취하고 흥청거렸다. 그리고 쓰레기를 버렸다. 그냥 버리기만 한 게 아니라 자신들이 그렇게 허우적거렸다는 사실을 숨기고 싶었는지 쓰레기들을 모래 속에 파묻었다. 국적을 알 수 없는 플라스틱병, 담배꽁초, 과자봉지, 깡통, 폭죽 등을. 그리고 그 속에 쓰레기가 있다는 것을 아무도 눈치 채지 못하게 모래를 덮어 탁탁 두들겨 놓기까지 했다. 사람들은 무엇을 숨기고 싶었을까. 쓰레기만은 아닐 것이다. 하루 동안 있었던 고달픈 시간들을 묻고 싶었을 수도 있고, 누군가에게 던진 차디찬 말일 수도 있고, 되돌리고 싶을 만큼 후회스러운 순간들을 묻고 싶었을 수도 있다.

그래서인지 모래사장은 여름 내내 묻고 숨기는 일의 연속이었다. 하루 동안 버려진 쓰레기는 새벽이 되어서야 모래를 뒤지는 손길에 의해 오롯이 그 정체를 드러냈다. 나는 밤에 맨발로 걷는 것을 포기하고 아침에 걷기로 했다. 이른 시각에 걷다 보면 아직 청소 중일 때도 있는데, 깨진 유리병이나 심지어 생리대까지도 미화원들의 집게에 들려 올라오기도 했다. 갈매기들은 먹이로 생각해 담배꽁초를 쪼아대고 시커먼 비닐이 풀럭거리며 공중을 날아오를 때, 나는 왠지 내가 발가벗겨진 채로 넓은 광장에 서 있는 것처럼 낯이 화끈거렸다.

미화원들의 손길이 아무리 꼼꼼해도 밤새 모래 속에 파묻힌 쓰레기는 좀체 사라지지 않는다. 그러다 파도가 한두 번 모래 위를 쓸고 가면 신기하게도 숨어 있던 쓰레기가 다 모습을 드러낸다. 아무리 꼭꼭 숨겨도 파도는 영락없이 모래 위에 잡동사니들을 올려놓는다. 그럴 때면 인간이 만든 것은 참 이물스럽다는 것을 느낀다. 사람들이 보이지 않는 더 깊은 곳으로 감추고 싶은 이유가 스스로가 자연에 위배된 존재라는 것을 알고 있어서인가. 자신들이 하루를 살면서 뱉어냈던 수많은 위선과 패악과 오해와 거짓들을.

언제까지나 감춰둔 대로 그 자리에 있을 거라고 생각하는지도 모른다. 진실도 거짓도 영영 묻혀 사라질 것이라고 믿는다. 아침이 되면 해가 떠오르고 온 사방이 밝아지리라 생각하지 않는 걸까. 이상하게도 밤에는 아침이 온다는 생각을 하지 못할 때가 있다. 아마도 우리는 어두울 때는 어둠만을, 밝을 때는 밝음만을 생각하는지도 모른다.

나는 모래의 눈을 생각한다. 감자나 고구마도 아닌데 모래에 눈이 있어서 싹을 틔울까마는, 때로는 눈물도 흘리고 때로는 부릅뜨기도 하고 때로는 흘겨보기도 하는 눈을 갖고 있다는 생각이 든다. 그 모래의 눈은 나에게, 감추려고만 들지 말라고 충고하는 것 같다. 그리고 내 속에 숨겨진 쓰레기 같은 것들을 다 뱉으라고 조용히 경고하는 것 같다.

파도가 모래 위로 와그르르 달려든다. 파도를 보고 누군가는 열병식을 하는 병사들이 번호를 외치며 앞줄부터 한 줄씩 앉는 모습 같다고 했고, 누군가는 포효하는 짐승의 사나운 이빨 같다고 했다. 나는 그 모습이 마치 내 속의 자질구레한 쓰레기들을 휩쓸어 가기 위해 오는 싸리비처럼 여겨졌다. 모래 위에 누워 달려오는 파도에 한 차례 내 몸을 담그고 나면 내 속에 쌓인 것들을 몽땅 실어 보낼 수 있을까.

생각해보면 그다지 큰일도 아닌데 아주 작은 일에도 내 속은 늘 자갈처럼 와글거렸다. 밤새 술 취한 이들이 퉤퉤 뱉은 침과, 상처 주는 이들의 온갖 악다구니와, 상처 입은 자들의 한숨과, 연인들의 조용한 밀어까지도, 다 듣고 다 보고도 모른 척 시치미를 떼는 모래의 눈처럼, 햇살을 품는 한낮의 말간 얼굴을 한 모래알처럼 살아갈 수는 없을까.

쇠시리

태양 아래서 어둠을 떠올리지 않듯이, 일상 속에서는 주변에 복병이 숨어 있다는 사실을 자주 잊는다. 나는 가구의 모서리 같은 것에는 관심을 둔 적이 없었다. 붙박이처럼 음전하게 놓여 있는 것들은 그저 아무런 위협이 되지 못하는 존재라고 생각했다. 거기에 머리를 부딪히지 않았더라면, 아무 관심도 없던 모서리에 눈길을 주는 일은 없었을 것이다. 오래 내 곁에 있었음에도 눈여겨보지 않았던 가구들의 네 귀퉁이, 모서리의 존재를 비로소 알아차리게 되었다.

바닥에 떨어진 고무장갑을 주우려고 허리를 숙였다가 다시 드는 순간, 싱크대 모서리에 머리를 세게 들이받았다. 이마에서 피가 흘렀다. 빈 벽을 그대로 놔뒀어야 했나 후회가 됐다. 부엌 한 벽면을 놀리기 아까워 따로 싱크대 한 짝을 더 달았던 건데 그것이 날카로운 무기가 될 줄 몰랐다. 문제는 모서리에 있었다. 갑자기 그것이 엄청나게 위험한 무기처럼 보였다. 칼만큼이나 무서운 것이 모서리였구나 싶어진다. 모서리가 이웃하는 것들에게 상처를 준다는 사실을 까맣게 잊고 있었다.

내 이마를 찧은 싱크대 모서리 부분에 엠보싱 처리가 된 에어캡을 여러 겹 덧대어 테이프를 감았다. 여전히 마음이 놓이지 않아서 그렇게 해놓고도 보기에 흉하다는 사실쯤은 아랑곳없었다. 커피를 탁자에 놓고 책을 펼쳤는데도, 약을 바르고 반창고를 붙인 이마에 온통 신경이 쏠렸다.

괜스레 탁자의 모서리를 만져본다. 정지문을 떼어내어 만든 좌탁이다. 직사각형 소나무 통판에 전이 길게 붙어 있었다. 탁자 위의 테두리를 따라 네 귀퉁이 전부 쇠시리로 마감되어 있었다. 귀퉁이가 둥글다. 장인의 손길이 느껴진다. 마음 깊숙이 따스함을 가진 이가 만들지 않고서야 이리 모난 구석 하나 없이 부드러울 수 없을 것이다.

어떤 물건을 만들더라도 인위적인 마음으로는 제 가슴을 온전히 쓸어 담을 수 없을 것이고, 그런 물건은 사랑스럽지 않으리라. 장인은 좌탁을 만들 때 그것을 사용하는 사람부터 마음에 담은 듯하다. 되도록 있는 그대로를 살리되, 각진 부분이 누군가를 긁지 않도록 다듬고 오래 만지고 만졌을 테다. 그런 사물에는 날카로운 모서리가 있을 리 없다. 이미 별개가 아니라, 서로가 서로를 받아들여 각각의 존재는 의미가 없어졌는지도 모른다. 하나가 저 홀로 돋보여서 다른 것을 짓누르거나 다른 것에서 동떨어지면 마치 어딘가 모르게 기우뚱거리는 것처럼 보일 것이다. 손이 닿지 않는 다리 부분도 날카로운 모가 없었다. 모서리를 곡선으로 쇠시리한 부분은 멋스럽기까지 하다.

쇠시리.

나무나 돌의 모서리나 면을 모양 있게 깎는 것을 말한다. 장인의 손길에 따라 여러 유형으로 만들 수 있겠지만 나는 있는 그대로의 모양을 최대한 살려 둥글게 다듬어진 형태가 좋다. 손바닥에 느껴지는 감촉이 아기 엉덩이처럼 동그마하게 다듬어진 가구들은 정답다 못해 완벽함이 느껴진다. 쇠시리하지 않은 모서리는 절벽이나 급한 꺾임처럼 뭔가 극단적인 느낌이 들고 까다로운 사람을 떠올리게 한다.

어머니가 내게 남기고 간 소품들은 모두 쇠시리가 잘 된 소품들이다. 좌탁도 그러려니와 다각반은 내가 무척 아끼는 찻상이다. 상판은 원형으로 둥글게 처리되어 있었고, 다른 부분도 볼록 쇠시리되어 있었다. 나는 곡선이 주는 따뜻함이 좋아 탁자 앞에 앉으면 늘 손으로 모서리를 쓸어본다. 그러면 나무가 소곤대는 말이 손바닥을 통해 들리는 듯하다. 비와 바람을 온몸으로 맞았을 나무의 한살이와 굴리고 깎으며 다듬은 목수의 손놀림과 그 앞에 앉아 바느질을 하거나 수를 놓았을 어머니의 숨소리를 함께 듣는다.

통증이 가시지 않는 이마를 만져본다. 머잖아 딱지가 앉고 언제 상처를 입었나 싶어지겠지만 아직은 아프다. 날카로운 것은 언제나 상처를 줄 수 있다. 세상 모든 것은 뾰족한 모서리를 감추고 있다. 사람들이 그것에 대해 미처 알아채지 못할 뿐이다. 어떤 것을 이해한다는 것은 그것이 가진 모난 것도 이해해야 한다는 것을 의미한다. 모서리는 사물에만 있는 것이 아니다. 사람도 마찬가지다. 낯선 지점을 만나면 생겨나는 모서리들을 누구나 갖고 있을 것이다. 그런데도 타인에게 상처를 주는 모서리를 자신은 쉬 알아채지 못한다. 살아오면서 내 안에서 제대로 쇠시리되지 못하고 뱉어버린 수많은 말도 그렇다.

어떤 것이 모서리를 갖고 있다고 해서 내 주위에서 멀리 치워버릴 수는 없다. 그것들은 그냥 오래전부터 거기 있을 뿐이다. 내가 못마땅하다고 해서 다른 곳으로 밀쳐져야 하는 것은 아니다. 그냥 있는 곳에 있게 내버려 두어야 한다. 다만 그것들의 모서리가 내는 소리에 귀를 기울여야 했다. 모서리를 나무랄 게 아니라, 그 날카로움을 제대로 이해하지 못한 나를 돌아봐야 할 것이다.

면과 면이 닿으면 모서리가 생겨난다. 사람과 사람의 만남에도 각각의 모서리는 곧잘 부딪친다. 나 역시 내 속에 분노를 키우기도 했고 뾰족한 날을 세우고 사람들 앞에 서기도 했다. 누구든 어찌 날을 세우지 않고 낯선 세상을 받아들일 수 있을까.

나는 둥글어지고 싶다. 잘 마감된 고가구의 쇠시리처럼 내 안의 모든 것들도 부드러워지고 싶다. 요즘은 플라스틱으로 만들어 모서리에 덧대는 쇠시리를 판다. 형형색색 말랑말랑한 재질로 되어있는 그것들은 끼우기만 하면 되도록 편리하게 만들어져 있다. 코너 보호대라는 이름이 붙었다. 쇠시리란 말은 어딘가 신비한 느낌을 주지만 아무도 쓰지 않는다. 이름뿐만 아니라 그 모양도 본래의 사물과 한 몸이 아닌지라 그리 사랑스럽지도 않다. 그러나 처음부터 곱고 둥글게 다듬어지지 않은 것들은 뒤늦은 방편이라도 마련해야 위험은 면할 것이다. 저도 모르게 불쑥 튀어 나가려는 내 뾰족한 것을 쇠시리하고 싶은 생각이 든다.

밤이 낮의 밝음을 위해 존재하듯이, 모서리는 깎이고 부드러워질 순간을 위해 존재하는 것이 아닐까. 세월이 흐를수록 더 둥글어지고 편해지는 쇠시리를 닮아갈 수 있다면 좋겠다. 닮아간다는 것은 이해하는 일이리라. 날 선 모서리를 이해하고 토닥이며 달랬던 목수의 손길처럼.

바닷속에 피는 꽃

낮과 밤이 이어지는 시간. 굴 껍질이 다닥다닥 붙은 갯바위를 밟고 서서 일몰의 향연을 지켜본다. 붉은 덩어리가 바다로 빠져들고 있었다. 종일 하늘을 돌아 그 커다란 덩어리는 구름을 물들이고 세상을 물들인다. 그것은 단 한순간도 같은 빛깔로 머물지 않았다. 붉은 구름은 굼실대는가 싶다가 잠깐 사이에 몸을 바꾸었다. 소멸의 색이라기엔 너무나 찬란하다. 햇살과의 이별을 차마 견딜 수 없다는 몸짓인가. 구름 사이에 펼쳐진 노을의 잔광을 바라보며 처연한 듯싶다가 내 속에서 울컥 뭔가가 차올랐다. 바람에 흩어졌다 모이고, 다시 일그러져 퍼지는 구름의 일렁거림. 부유하고 있는 우리네 삶도 저러할까. 신호등 앞에서 정지해 있던 시간, 엘리베이터의 숫자를 초조하게 바라보던 시간. 그렇게 조급하기만 했던 내 모든 시간들마저 느긋하게 느껴지는 것은 곧 다가올 고요함 때문이리라. 어둠에게 하루의 소란스러운 것을 모두 맡기기 위해 조용히 스며드는 시간.

한때, 바닷속이 궁금해 견딜 수 없던 때가 있었다. 호사스럽다는 것을 알면서도 바닷속을 들여다보고 싶어 안달이 났던 때가 있었다. 막연히 스킨스쿠버가 되고 싶었다. 고등학교 수학여행 때 처음으로 동해를 보았을 때 내게 바다는 머나먼 이국이나 마찬가지였다. 그저 멀찍이서 바라보는 바다도 그러한데 산호가 일렁이는 바닷속을 직접 들여다보는 것은 그저 꿈으로만 남을 수밖에 없었다. 게다가 언젠가 물에 빠져 죽을 뻔했던 기억 때문에 바다는 두려움에 가까운 존재였다. 그러나 바닷속을 향한 막연한 동경은 언제나 그대로였고, 결국 스킨스쿠버를 하는 친구로 만족하게 되었다. 바다와 밀어라도 나누는지 친구는 바닷속 이야기를 참 많이도 알고 있었다.

오늘도 노을 속에서 붉은 미소를 짓는 내 친구를 마주한다. 친구는 알고 있다. 내가 찾아가면 또 알량한 돈벌이에 지치고 인간관계에 회의가 생겼구나, 하고 짐작한다. 나는 아이들을 가르치고 있다. 항상 말하는 일에 신경을 써야 한다는 것을 알고 있지만, 내 성마른 성격에 더러 자잘한 일에도 자그락거린다. 때로는 아이들이 하는 말에도 상처를 입지만, 생각 없이 한 말로 내가 상처를 줄 때도 있다. 그런 일이 생길 때마다 매번 말이라는 게 뭘까 하는 회의감이 들었다. 어제 나는 수학 문제를 잘 푼 아이에게 칭찬을 했는데 옆의 아이를 주눅 들게 했던 모양이었다. 아이의 부모가 주의를 주었을 때에야 나는 내가 상처를 주었다는 것을 알아챘다. 그런저런 생각으로 가득 찰 때면 나도 모르게 배낭을 매고 시퍼런 바닷물 앞에 서 있는 나를 발견하곤 했다. 거기에는 바다도 있었지만, 바다와도 같은 친구가 있어서 내 헐어버린 마음을 추스르고 돌아오는 것이다.

친구가 짠물을 뚝뚝 흘리며 바다에서 나와 나를 맞아주었다. 직접 잡은 성게와 문어로 대접을 받고 해변을 산책하며 나는 우울한 마음을 이야기했다. 그리고 이런 아름다운 바닷가에서 살고 싶다고 말했다.

"바다? 그래, 아름답지. 그렇지만 나는 내가 태어나고 자란 이 곳을 원망한 적이 있었어."

친구는 15년 전에 작은 배를 타고 낚시를 하러 갔다. 멀리서 온 친구들과 함께 농어, 광어를 낚으며 노느라 휴대폰을 팽개쳐두었다고 했다. 해가 다 져갈 때쯤 집에 돌아와 보니 아버지가 쓰러져 의식이 없었다. 늙은 어머니 혼자 어쩔 줄 몰라 친구만 기다리고 있었는데 그때서야 열어본 휴대폰에서는 부재중 전화가 58통이나 찍혀 있었다. 그 길로 아버지가 돌아가시고 친구는 오랫동안 바다 쪽은 쳐다보지도 않았다고 했다.

"내가 조금만 빨리 돌아왔더라면 아버지가 돌아가시지 않았을 거라는 생각도 물론 내 가슴을 치게 하지만 더 괴로운 건 따로 있었어. 돌아가시기 며칠 전 아버지와 나는 집안 문제로 언성을 높였고, 서로를 할퀴는 말로 상처를 주었다는 거야. 그날 잡은 고기로 회를 떠서 아버지에게 소주 한 잔 올리며 화해를 하고 싶었는데 그걸 못 했다는 게 제일 미치겠더라. 내가 마음대로 뱉은 말로 인해 아버지 가슴에 생긴 응어리를 결국 풀어드리지 못했고, 앞으로도 영원히 그럴 기회조차 가질 수 없다는 사실이 너무 괴로웠어."

친구를 위로할 말이 딱히 떠오르지 않아서 그냥 잠자코 있었다. 나도 어느 아이에게 상처를 주고 오지 않았던가. 저 멀리 석양 아래서 따개비를 따는 두 여인을 바라보고 있는데, 바닷속에 들어가면 가장 아름다운 게 뭐라고 생각하느냐고 친구는 화제를 돌렸다. 나는 산호라고 대답했다.

"말미잘이야. 내가 이곳을 떠나지 못한 이유 중 하나가 어쩌면 말미잘 때문인지도 몰라."

우리가 흔히 욕을 할 때 '해삼, 멍게, 말미잘 같은 놈'이라면서 바다의 생물을 빗대어 말하지만 그건 바닷속에 한 번도 들어가 보지 못한 사람이 하는 욕일 거라고 했다.

말미잘은 '미주알고주알'이라는 말에서 나왔다. 사소한 것까지 속속들이 다 말하는 것, 그래서 속이 훤히 들여다보인다는 의미를 지니고 있다. 자신의 속을 다 보여줄 수 있는 사람은 거짓말을 할 줄 몰라 손해를 보기 마련이지만, 세상에 손해 보고 사는 것만큼 편안한 삶이 있을까. 작은 손해를 보고 커다란 평안을 얻을 수 있다면 그것이 과연 손해 보는 삶일까.

미주알은 입, 고주알은 항문이다. 말미잘은 입과 항문이 구분되지 않고 하나인데 오므리는 모습이 말(馬)의 항문을 닮았다. 그래서 말미주알이라고 불리다가 점차 말미잘로 자리 잡았다. 그런데 신기하게도 중국에서는 말미잘을 바다 해바라기라고 하고, 미국에서는 바다 아네모네라고 하며, 일본에서는 돌모란이라고 한다. 곧 하나같이 꽃으로 인식하고 있다는 이야기다.

"가장 더러운 것을 닮았다면서 어째서 꽃으로 불릴까?"

매일 바닷속을 헤집고 다니는 친구의 대답은 역시 달랐다. 물 바깥으로 나오면 참으로 보잘것없는 그것이 물속에만 들어가면 온갖 바닷속 생명체와 어울려 일렁거리며 환상 속에 피지 않고서는 그처럼 아름다울 수 없을 만큼 신비함과 화려함을 갖고 있다고 했다. 배우지 않아도 흘러가는 대로 버려둘 줄도 알고, 다른 것과 함께 어울려 살줄도 아는 바다의 꽃, 말미잘에게 누가 단세포라고 했는가.

바닷속 모든 존재가 그러하겠지만 말미잘이 가진 속성은 조금 특별해 보였다. 가장 더러운 것을 가장 아름다운 것으로 만들 수 있는 방법을 알고 있지 않을까. 입이 항문이 될 수도 있고 항문이 입이 될 수도 있다는 이야기였다. 가장 깨끗해야 할 입에서 가장 더러운 것이 나올 수 있다는 것이며, 추하다고 생각했던 것에서 아름다움을 찾을 수 있다는 것이었다. 친구는 나름의 방법으로 말미잘의 아름다움을 보았고 자신의 삶을 다듬어가고 있었다. 파도와 무시무시한 천적이 도처에 깔린 바다의 가장 밑바닥에 사는 말미잘. 흔히 세상을 바다라고 표현하던가. 무시무시하고, 생태계의 법칙만이 존재하는 그곳에서 말미잘은 더더욱 빛을 발한다는 것이다.

더러워 보이는 곳에서 가장 아름다운 것을 뿜어낼 수 있는 것. 말미잘은 바다가 무섭다고 슬퍼하거나 뭍으로 나올 생각을 하지는 않을 것이다. 그곳에서 자신이 만들어 낼 수 있는 모든 아름다움을 가꿀 것이고 물결이 흔들리는 대로 몸을 출렁이며 삶을 즐길 것이다. 물 아래 가장 깊은 곳에서도 그것은 해의 찬란함을 맛볼 수 있고, 바람의 살랑이는 냄새를 맡을 수 있을 것이다.

태양이 결코 흉내 낼 수 없는 빛깔로 세상을 물들일 수 있는 것은 바다에 불타는 제 몸을 던져야만 가능하고, 말미잘이 꽃으로 거듭날 수 있는 것은 온통 속을 다 까발려 기꺼이 물결의 흔들림에 맡겨야만 될 것이다. 친구는 마치 바다를 오래 원망했던 때가 있는 사람만이 저렇게 환한 웃음을 지을 수 있다고 말하는 것처럼 아름답다.

밀려드는 파도 소리에 편안한 잠을 청하면서 나는, 내 삶은 내가 가꿀 수 있는 것이리라는 믿음을 굳건히 가진다.

손수건

울적한 날이면 나는 종종 쇼핑을 한다. 그러나 으리으리하거나 번쩍번쩍한 것들을 다 제쳐두고 내 눈을 사로잡는 건 매번 손수건이다. 조명을 받으며 진열대에 가지런히 개켜져 놓여 있는 형형색색의 손수건들은 얌전한 숙녀처럼 보인다. 내가 사는 동네에 '화사방'이란 작은 옷가게가 있는데, 정말 가게 이름처럼 화사하고 앙증맞은 손수건이 다 모여 있다. 자잘한 안개꽃이 수놓인 것, 탐스러운 수국 봉오리이나 동백꽃 자수 등의 손수건들을 하나하나 살펴보고 나면 갤러리에서 유명한 화가의 그림을 감상한 듯 울적했던 기분은 온데간데없이 사라져버린다.

늘 그랬듯이 나는 그냥 지나치지 못하고 손수건을 사서 서랍장에 곱게 넣어둔다. 언제부턴가 서랍장에는 옷보다 손수건이 더 많이 쌓였다. 나는 그것들은 차마 쓰지 못한다. 무슨 보석인 양, 사랑하는 애인에게서 온 엽서인 양, 차곡차곡 넣어두기만 한다. 내가 손수건 수집가처럼 보이는지, '화사방' 주인도 나의 취향을 눈치 챘는지 들를 때마다 새로 가져다 놓은 손수건을 보여준다.

내가 모은 많은 손수건 중에 사거나 선물 받은 게 아닌 손수건이 딱 한 장 있다. 아무런 색도 없고 아무런 꽃 자수도 없고 빳빳한 무명천으로 된 손수건. 가장자리가 대충 시침질로 마무리된 그것은 우습게도 자그마치 50년이 다 되어가는 골동품이다. 그러나 나는 그 손수건을 가장 아낀다. 그것은 내게 보통 손수건이 아닌 다른 무엇이다. 한 번도 쓰지 않았지만, 누렇게 변색하지 않도록 다시 삶아 새하얗게 만들어서 다려둔다. 부드럽지도 않아서 아이가 닦으면 코가 헐었을 그것.

초등학교에 입학했을 때 담임선생님은 여리여리한 아가씨였다. 항상 무릎을 겨우 덮을 만한 치마를 입고 알맞은 굽의 구두를 신었던 선생님이 나는 약간 무서웠다. 딱딱 부러지는 말투조차도 얼마나 정갈한지 코를 훌쩍대는 우리로서는 접근하기 어려웠을 것이다.

그 선생님이 특히 강조하는 것도 청결이었다. 지금 생각하니 '레이디 앤 젠틀맨'이었을 영어를 들먹이며 깔끔해야 우리나라가 선진국으로 갈 수 있다고 강조했다. 아침마다 손톱과 발톱을 검사했고 더러운 아이는 따끔하게 혼냈다. 나도 수시로 손바닥을 맞았다. 그러나 손발이야 씻으면 되는 거였지만 큰 문제는, 반드시 손수건을 지참하라고 시켰고 매일 검사를 했다는 것이다. 손수건 같은 게 있을 리 없는 나는 당연히 그냥 등교했고 반 이상의 아이들이 손바닥을 맞았다. 그래도 반이나 함께 맞을 때는 괜찮았다. 매일 검사를 하고 혼내다 보니 아이들은 차츰 손수건을 가져왔고 매를 맞는 아이의 숫자가 하나씩 줄어들었다. 나는 내 짝도 함께 매를 맞는다는 것에서 위안 삼았는데 어느 날은 어머니가 손수건 이야기를 어디서 들었는지 무명천을 대충 잘라서 만들어주었다. 그러나 나는 그 손수건을 꺼낼 수가 없었다. 아이들은 모두 꽃무늬가 있거나 자수를 놓아 만들었거나 하다못해 단색이라도 있는 것을 가져왔기 때문이다.

선생님이 앞에 앉은 친구를 검사하고 내 차례가 다가올 때 나는 주머니에 들어있는 그것을 만지작거렸지만 결국 끄집어내지 못했다. 다른 아이들의 손수건은 대체로 부드러워 보였는데 내 호주머니 속에 들어있는 그것은 포대 자루처럼 손바닥이 꺼끌꺼끌해서 나는 차마 선생님 앞에 내놓을 수가 없었다. 그날도 내 짝과 나는 손바닥을 맞았다.

그리고 다음 날 나는 그 손수건을 가져가지 않았고 내 짝은 나를 배신했다. 내 짝이 주저주저하면서 조심스럽게 책상 위에 올려놓은 손수건 앞에서 선생님은 한참 장승처럼 서 있었다. 그 표정과 눈빛을 나는 똑똑히 보았다. 난감함과 자책감이 동시에 흐르는 그 표정을 나는 오래 잊을 수가 없었다. 짝이 내놓은 건 누가 봐도 손수건이 아니라 밥상보였다.

집에 돌아가는 길에 짝에게 말했다.

“그런 거라면 나도 얼마든지 가져올 수 있어.”

나도 내일부터 어머니가 만들어준 손수건을 가져가야겠다고 마음을 먹었다. 까짓 밥상보도 가져오는데 뭐, 싶었다. 어머니가 준 게 밥상보보다는 나았으니까.

다음 날 나는 당당하게 손수건을 챙겨 갔고 선생님이 검사할 시간을 기다렸다. 미리 지레 겁을 먹고 마른 손바닥을 비비며 맞을 준비를 하는 친구들을 보면서 나는 안도의 숨을 몰아쉬었다. 책상 위에는 여전히 손수건을 올려놓지 못한 친구들이 더 많아 보였다.

그러나 선생님은 이제부터 손수건 검사를 하지 않겠다고 했다. 오히려 어제까지 손바닥을 맞은 아이들에게 손수건을 하나씩 나누어주기까지 했다. 나도 분홍색 손수건을 얻었고 얼마나 오래 썼는지 미어지고 구멍이 나서 버렸던 기억이 난다.

서랍을 열어 손수건을 모두 꺼내어 다시 빨았다. 복작거리는 거품 하나하나가 손바닥을 맞았던 아이들 얼굴처럼 보였다. 빨랫줄에 널린 손수건들이 바람에 날렸다. 시침질이 얼기설기 되어 있는 광목 손수건과 갖가지 브랜드에서 나온 손수건들이 햇살에 반짝거렸다. 얼굴도 잘 기억나지 않는 그때의 친구들, 선생님과 함께했던 시간이 손수건 위에 따스하게 내려앉는다. 손수건 한 장 갖는 것이 어려웠던 시절에 밥상보를 당당하게 내밀었던 친구의 이름은 무엇이었을까. 거친 현실을 마주하는 그 자세를 나는 아직도 부러워만 할 뿐 배우지 못했다.

천사가 있었다

내가 죽었다고 사람들이 웅성거렸다. 눈을 뜰 수 없었기 때문에 들리는 말이 맞다면 나는 살아있는 사람이 아니었다. 그런데도 왜 잘 들릴까. 견인차가 먼저 도착했고 앰뷸런스가 뒤이어 나타났다는 것도 소리로 느꼈다. 그가 내 이마를 넥타이로 질끈 묶고 목에 흐르는 피를 지압하느라 어떤 조치를 취했는데 기억은 거기서 끊겼다가 다시 이어지고 다시 끊겼다. 이따금 그가 한 말들이 공중에 흩어질 때 나는 점점 그들의 말들이 멀어졌다가 다시 바짝 다가온다는 것을 알았지만 눈을 뜰 수는 없었다. 내 차는 전복되었다. 시간은 아침 8시 15분. 교통사고였다.

이름이 뭡니까, 주소는, 보호자는, 나를 발견한 사람이 한꺼번에 질문을 쏟아냈지만 나는 대답하지 못했다. 그가 내 따귀를 때렸다. 이봐요, 이보세요, 잠들면, 잠들면 죽는 겁니다, 알아요? 잠이 들면 죽는다구요. 그가 내 보호자인 것처럼 다급하게 내 따귀를 한 번 더 갈겼다. 나는 마치 달콤한 잠에서 잠시 깨어나는 것 같기도 하고 등이 몹시 차갑다는 느낌도 들었다. 아스팔트 바닥은 몹시 끈적거렸고 다시 잠의 수렁으로 빠져들 즈음 들것에 실려서 나는 가볍게 공중에 몸이 뜬다는 느낌을 받았다. 차가 방지턱을 넘을 적마다 등으로 통증이 고스란히 전해졌다.

좀전의 같은 질문이 계속되었다. 병원 측에서 나온 간호사인지 알 수는 없었지만 '잠이 들면 안 된다'는 말을 계속했다. 여러 번 주소를 물었지만 나는 여전히 주소를 몰랐다. 또다시 이름을 물었지만 내 이름이 무엇인지 생각나지 않아 엉터리 이름이라도 답해주고 말았으면 했다. 그들의 얘기들이 들렸다 사라졌다가 반복되었고 나는 사이렌 경적을 울리며 응급실로 이송되었다.

천으로 휘둘러진 커튼 속에서 누군가 옷을 벗겼다. 간호원이었다. 응급처치를 잘한 것이 천만다행입니다, 라고 말한 것 같았다. 응급처치를 한 사람은 누구일까. 나는 그를 확인할 수 없었다. 그가 병원까지 따라와서 의사에게 뭐라고 계속 말한 것 같았지만 정확히 기억나지 않았다. 뒤늦게 달려온 동생의 오열에 병원이 떠들썩해서 창피하다는 생각을 잠깐 했었고 나는 몹시 오한이 들었다. 1차 수술은 4시간 30분이 걸렸다지만 나는 전혀 기억이 나지 않았다.

수술실의 매트가 몹시 차가웠지만 이상하리만치 마음은 평온했다. 마취에서 깨어난 듯 주변의 모든 소리가 선명했다. 차가 반대편으로 전복하면서 얼굴과 목에 유리 파편들이 꽂혀 있어서 네

명의 의사들이 한꺼번에 달려들어 알코올로 얼굴을 세척 하며 유리 파편을 제거하는 작업을 했다.

긴 트레일러 한 대가 흙먼지를 일으키며 내 앞에서 달려가고 있었고 그다음 내 차가 뒤따라갔다. 말구불 터널은 꽤 길어서 정신을 바짝 차리지 않으면 현기증이 일어날 수도 있었다. 트레일러가 순식간에 터널을 빠져나갈 때 일으킨 회오리바람이 소형차 정도는 그대로 전복시킬 수도 있다는 것을 전혀 몰랐다.

마취에서 깨어났을 때 왼쪽 다리는 공중에 매달려 있었고 얼굴은 붕대에 감겨 누군가 멀리서 나를 봤다면 미이라처럼 보일 수도 있었다. 눈을 감고 모든 것을 소리로 감지할 수밖에 없을 정도로 기력이 없었다. 귀만 멀쩡한 사람처럼 아무것도 마음대로 할 수 없는 사람이었다.

동생과 담당 의사가 나누는 말을 들었다. 병실 배치와 간병인 문제 등의 현실적인 얘기들을 건조하게 나누고 있었는데 그들은 낮은 목소리로 얘기를 했지만 내 귀엔 아주 가깝게 들렸다. 6개월 정도 입원을 해야 한다고 의사가 보호자인 동생한테 자상하게 일러주었다. 병실은 지금 꽉 차서 다른 환자가 퇴원해야 2인실로 옮길 수 있다고 말했다.

동생은 24시간 근무를 해줄 수 있는 간병인을 구했다. 동생이 직장에 매여 있기 때문에 긴 시간을 비울 수는 없었기 때문이었다. 그분은 마치 자식이라도 되는 듯, 나에게 정성을 쏟아 간호해 주었다. 며칠 지나지 않아서 그분이 누군지 알게 되었다. D교회에 다니시며 간병인 일을 하는 집사님이었다.

따스한 물수건으로 밤에도 수없이 일어나 나의 손과 발을 닦아 주었다. 괜찮으니 푹 좀 주무시라고 했지만 그렇게 해야 회복이 빠르다고 했다. 살갑게 나를 보살펴 주는 그분을 보면서 큰 위로를 받았다. 엄마의 품처럼 포근한 가슴을 지닌 사랑이 가득한 분이었다. 비록 병상에 누워 간병을 받는 처지에 있었지만 세상에 이렇게 좋은 분도 계시는구나, 하는 생각이 계속 들었다. 친동생보다 그분이 훨씬 더 편안하게 느껴졌다.

나는 그때 수술 부위가 여러 곳이다 보니 내 병실에는 의사들도 수없이 들락거렸다. 목을 수술한 의사, 다리를 수술한 의사, 얼굴을 수술한 의사, 모두가 다른 분들이었다. 회진을 할 때에도 각각 다른 과의 의사들이 간호사들과 함께 와서 제각기 다른 질문을 했다. 각자 자신이 수술한 부위에 대해 차도를 물었고 안심을 시켜주는 말도 해주었다. "곧 괜찮아질 겁니다,"라고 말했지만 그렇지 않다는 것을 이미 알고 있었다.

며칠 후, 간병인이 내게 조심스럽게 물었다. 간곡한 부탁이 하나 있다고, 들어주실 거라고 믿는다는 말을 덧붙이며 두 손으로 내 손을 고이 잡았다. 하나님께 기도를 하게 해 달라는 부탁이었다. 자신이 나를 위해 해줄 수 있는 가장 최선의 방법이라는 말을 했다. 나 또한 마다할 리가 없었다. 아픈 나를 위해 기도를 해 주신다니, 정말 고맙게 느껴졌다.

나를 위해 기도를 하는 간병인의 두 손을 봤다. 손마디가 울퉁불퉁한, 굵은 주름이 지독한 가뭄을 견딘 논바닥 같은 손등, 불거져 나온 푸른 힘줄을 보는 순간 뭉클했다. 그녀의 기도를 듣는데 나도 모르게 스르르 눈을 감았다.

사고 현장에서 나를 구해준 이를 보낸 분은 누구일까. 나를 위해 두 손을 모으고 뜨겁게 기도하는 저분은 또 누가 보내신 것일까.

타지 않는 종이

언니는 자주 불을 땐다. 그녀는 나를 불러내는 방법을 잘 알고 있는 듯, 불을 지피면 내가 자석처럼 딸려 와 어느새 옆에 와 앉을 거니까. 나는 곧잘 하루에도 수없이 파지를 만들어낸다. 내가 쓰레기만 만들어내는 사람처럼 느껴진다. 살아낸 하루가 쓰레기였다고 생각될 때는 삶을 더 진지하게 대하리라 다짐하기도 하면서.

자판에 두들긴 모음 자음들을 인쇄된 종이로 대하면 조금 객관적으로 보인다. 언니가 아궁이 앞에서 읽을 때는 한 발 더 멀리서 바라보리라. 그런 생각이 들면 두려운 마음으로 프린터에서 쏟아져 나오는 종이를 바라본다.

처음엔 불쏘시개로 쓰라고 아궁이 앞에 던져두었는데, 안 태우고 선반 위에 얹어둔 것도 있었다. 옆집 언니가 나 때문에 늘그막에 문학소녀가 되어가고 있다고 웃었다. 눈가에 주름이 자글거려도 글을 사랑하니 소녀 같다. 모두 태우라고 했지만, 언닌 그렇게 하지 않는 것도 있다.

메주콩을 삶는 아궁이 앞에 쪼그리고 앉으면 언니는 불 속을 휘

적거려 감자를 뒤적거린다. 내가 올 줄 알고 있었다는 증거다. 그러면 나는 선물을 주고받는 것처럼 종이 한 뭉치를 건넨다. 거의 매일 나오는 파지를 태운다. 언니는 파지를 좋아하는 것처럼 그것을 한꺼번에 불 속으로 던지지 않고 한 장 한 장 읽으면서 넣는다.

이건 수필인가. 아, 이건 짧으니까 시인가. 그러면서 나를 속속들이 다 읽어내는 눈치다. 그저 파지일 뿐이야, 하고 변명해도 소용없다. 언니에게 파지는 나였다. 글을 읽는 건지 마음을 읽는 건지 때로는 고개를 끄덕이며, 때로는 고개를 갸웃거리기도 하며 나의 하루를 짚어낸다. 나는 부끄럽기도 하고 시원하기도 한 기분으로 다 태워버리라고 한다. 그러고 나면 새로 태어난 기분으로 다시 하루를 살아간다. 건망증이라도 걸린 것처럼 희한하게 나쁜 일, 잊고 싶은 일만 불에 타 녹는다.

이십 대 초반, 어느 잡지에 짧은 수필을 보낸 적 있었다. 〈아름다움에 대하여〉와 같은, 조금은 순수를 가장한 짧은 글이었다. 그 나이의 범주를 넘어서지 못한 말들을 주저리주저리 나열하였던 기억이 난다. 글이 실리고 상품으로 작은 가방을 받았다. 그리고 이어 날아든 편지 한 통. '당신의 글은 제게 삶의 의미를 느끼게 하였습니다. ……'

얼마나 정성껏 썼는지 내용보다 글씨에 더욱 감동한 편지. 글씨를 보면 그 사람을 알 수 있다는 말처럼 한 자 한 자 단정함이

읽혔다. 그렇게 정성이 담긴 글자는 보지 못했다. 또한 어딘지 깊고 슬픈 어둠이 배어있는 듯한 느낌도 나를 끌어당겼다. 나는 P시에 있고 김천에 있다는 그는, 나보다 세 살 많았다. 우리는 3년을 하루가 멀게 편지를 주고받았다. 내용보다 글씨에 더 끌렸던 편지에 수많은 환상까지 보태어 읽었으리라. 꽃잎이나 네잎클로버를 말려서 편지지에 붙여 보내기도 했다. 휴일이 끼었거나 제때 배달되지 못해 한꺼번에 서너 통이 날아들 때도 있었다. 그럴땐 읽은 편지를 읽고 또 읽느라 밤을 꼬박 새웠다.

내가 보낸 편지는 없지만 받은 것을 보면 보낸 내용도 짐작할 수 있다. 사진을 주고받았고, 그는 자신의 방에 전용 전화를 놓았다고 했다. 글씨보다 더 준수한 얼굴에서는 어떤 그늘도 느끼지 못할 만큼 건강했고 목소리는 늘 조금 떨렸다.

나는 사진을 끼고 다니며 친구들한테 자랑했다. 그런데 왜 널 만나러 안 오냐? 친구들이 그랬다. 결국 내가 그를 만나러 갔다. 그의 집은 산골이라 주소를 들고 물어물어 가야 했다. 작은 강이 흐르는 동네로 기억되는데 그 마을의 풍경은 아련한 그림처럼 남았다. 돌아올 때는 정말 아무것도 눈에 들어오지 않았다. 단아한 어머니가 마당에서 나를 맞았고 방문을 열었을 때 희미하게 웃으며 나를 바라보는 너무나 잘생긴 얼굴이 보였다. 교통사고, 하반신 마비, 청년이 누워있던 어두컴컴한 방, 내게 수없이 전화했을,

그의 머리맡에 놓인 까만 전화기. 그러고는 아무것도 생각나지 않는다.

내가 모질게 돌아섰던가. 아니면 아무렇지도 않은 듯한 얼굴로 웃었던가. 가져간 시집을 툇마루에 내려놓았던 기억만 있다. 잎이 막 물들기 시작한 계절이었는데, 돌아오면서 어디선가 지절대는 새소리를 핑계로 조금 울었던 것 같다. 그 후로 나는 그에게 한 글자도 쓰지 않았고 전화도 하지 않았다. 그도 마찬가지였다. 그리고 한동안 글도 쓰지 않았다.

오랜 시간이 지나 다시 자판을 두들기며 살고 있다. 삶이 아름다운 것도, 절망스러운 것도 아니라는 생각으로 무덤덤하게 보낸다. 하루를 살아내고, 고집스럽게 간직할 만한 기록을 남기지도 않는다. 그러나 삶이 미지근하고 시들해질수록 그날의 시간이 불쑥 고개를 든다. 그것은 내가 내 삶에 회초리를 드는 시간이며 진짜 부끄러움이 뭔지 생각해 보는 순간이다. 아직도 어떻게 해야 했다는 생각은 떠오르지 않는데, 그렇게 하면 안 되었다는 생각은 수없이 든다.

이젠 누렇게 바랜 종이를 태워야 하는 시간이 아닐까. 긴 세월, 종이도 빛을 잃었으니 그만 잊어버려도 좋지 않을까. 너도 아주 아팠겠구나. 그렇게 나를 위로해도 되지 않을까.

메주콩이 다 익었나 보다. 진한 콩 내음이 번진다. 언니는 편지

몇 장 정도 빼놓았을지도 모른다. 언젠가 활활 타오르는 아궁이 앞에서 불쑥 말을 던질 것이다. 내 마음도 어쩌지 못하는 일이 한두 번이겠느냐. 산다는 건 해답 없는 일의 연속인 게지.

불이 꽃으로 피어나는 시간은, 무언가엔 소멸의 시간이다. 뜨거움 속에서 사라져가는 것이 있기에 불꽃이 있는 것이다.

이제 종이는 타고 없는데 그의 슬픈 눈동자는 아직도 내 손끝에 남아 지금 이렇게 자판을 두드린다.

밥상

언제부턴가 혼자 식탁에 앉는 일이 익숙해져 있다. 새 식탁을 들여놓고 혼자 먹기엔 너무 크고 오래된 밥상을 베란다에 가져다 놓았다. 칠이 벗겨지고 여기저기 금이 가고 말짱한 데가 없었지만 참 오랫동안 함께했다. 저 밥상 앞에 여덟 식구가 둘러앉던 때, 그때만은 어머니가 우리 집 왕이었다. 어머니가 제일 싫어하는 건 밥 먹으라고 부를 때 빨리 밥상 앞으로 모여 앉지 않는 것, 그리고 밥 먹다가 잡담하는 것이었다.

밥 먹자.

어머니의 한마디는 우리 여덟 식구를 모두 한자리에 모이게 했다. 무엇을 하고 있었건 어디에 있었건 우리는 귀를 열어젖히고 밥 먹으라는 어머니의 외침을 들어야 했다. 어머니 표현대로라면 '반갑게' 달려와야 한다는 거였다. 누구라도 투정하거나 거부할 수 없었다. 그날 주는 대로 먹어야 하고 퍼 놓은 대로 먹어야 했다. 많거나 적거나, 짜거나 맵거나, 시거나 달거나. 김치 하나만 나와도, 된장국 하나만 나와도, 전날 먹다 남긴 찌꺼기가 종류의 구분도 없이 뒤섞여 있는 국밥이 나와도 누구 한 사람 투덜댈 수 없었다.

어머니는 밥이 더 중요한 것 같았지만 나는 아마도 이야기가 더 중요했던 것 같다. 나는 밥을 먹다가 곧잘 수저를 허공에 휘저으며 떠들곤 했다. 선생님의 묶은 꽁지머리에 대해서, 40점 맞은 친구의 받아쓰기에 대해서, 혹은 도저히 더는 신을 수 없을 만큼 낡은 신발에 대해서. 그러다가 엉뚱한 데로 가지를 펼쳐 하염없는 상상의 세계로 밀고 들어가기도 했다. 만약에 하늘에서 눈 대신 과자가 쏟아진다면, 그래서 친구들과 눈싸움이 아니라 과자 던지기 게임을 한다면 어떨까, 외계인은 이런 밥 대신 어떤 걸 먹을까, 같은 이야기들이었다. 그러다가 터무니없는 장면을 떠올리며 혼자 낄낄 웃기도 했다. 상상이 바닥에 미치면 그제야 무엇을 하고 있던 중이라는 걸 깨닫고 다시 밥을 먹기 위해 밥상 위로 수저를 가져갔다. 그리고 내 밥그릇이 없어진 것을 발견하기 일쑤였다. 잡생각을 하는 동안 어머니가 내 밥그릇을 어디론가 숨겨버린 것이다. 어머니는 밥 먹는 일에 열중하지 않는 것을 그만큼 싫어했다. 어머니 말로는 내가 하는 행동이 '밥 빌어먹을 짓'이라는 거였다.

어머니는 그렇게 마음 내키는 대로 메뉴를 정하고, 당신 입맛에 맞게 간을 맞추고, 밥그릇을 숨김으로써 권력을 휘둘렀다. 나는 그것이 약한 어머니가 당신의 존재를 드러내는 가장 유일하고도 확실한 방법이 아니었을까 하는 생각을 해본다. 가장인 아버지와 가장 덩치가 컸던 오빠와 까탈스러운 언니 등 모두를 단숨에 제압할 수 있는 유일한 것 아니었을까.

하지만 나는 자주 반란을 일으켰다. 모두가 가난했던 시절, 어머니는 하루가 멀다고 국수를 삶았고, 나는 국수를 죽기보다 싫어했다. 온종일 육체노동을 했던 아버지도 돌아서면 배가 꺼져버리는 국수를 마다하지 않았고, 한창 자라는 내 형제들도 모두 군소리 없이 먹었던 그것을 나는 거부했다. 뱃속에서 쪼르록 소리가 나도 절대 타협하지 않았고, 그저 조용히 방 한 귀퉁이에 쪼그리고 앉아 눈물만 질금거리던 어린 딸년이 바로 나였다. 얼굴엔 마른버짐이 펴져 있고 입술은 터져 가난한 티 줄줄 흐르던 바싹 마른 아이, 할머니가 납작 보리쌀 같다던 입 짧은 딸년.

밥상 앞에서 어머니가 온 집안사람 다 이겨도 그 빼빼 마른 딸년 하나는 이기지 못하고 궁티 나는 그 웅크린 모습에 두 손 들었다. 결국 일곱 식구가 둘러앉아 아무도 투덜거리지 않고 후루룩 국숫발 잡아당기는 소리를 낼 때, 나 하나만을 위해 따로 밥 한 그릇 지어내 놓을 수밖에 없었던 어머니. 비록 쌀보다 보리쌀이 더 많아 밥이라기엔 너무 못마땅한 색깔이었지만.

나는 먹기 싫은 걸 먹느니 차라리 굶어서 배가 고프기를 원했다. 어머니에게 그것은 가장 큰 고통이었고, 결코 이길 수 없는 최고의 강적이었을 것이다. 세상의 어떤 어머니가 비쩍 마르고 버짐 허옇게 퍼져 있는 딸년이 방 귀퉁이에 웅크리고 처박혀 있는 모습을 보고 외면할 수 있었을까. 나는 입도 짧았지만, 철도 없었고 고집도 셌다. 가난을 이해하지도 못했고, 어머니의 아픔도 헤아리지 못했으며, 형제들의 눈초리도 배려하지 못했다.

어려서만은 아니었던 것 같다. 지금 생각해보면, 매일 끼니 걱정으로 한숨 끊이지 않았던 우리의 현실을 외면할 수 있는 나만의 방법은 아니었을까. 엉뚱한 이야기를 지어내거나, 철없는 말로 억지를 쓰거나, 말도 안 되는 상상을 마치 현실인 것처럼 몰입해 떠드느라 내 밥그릇이 사라지는 것도 모르는 순간은 우리의 가난을 잊을 수 있는 좋은 시간이었는지도 모른다. 그런데 국수에서 확, 풍기는 그 마른 밀가루 냄새는 내게 가난을 확인시켜 주었고, 싸구려 멸치로 우려낸 다시물의 비린내는 나를 영원히 가난에서 벗어날 수 없을지도 모른다는 절망에서 허우적대게 했다. 그래서 나는 지금도 국수를 잘 먹지 않는다. 여전히 어린 시절의 그 냄새가 내 코를 자극하기 때문이다.

한동안 어머니도 아버지도 보이지 않는 밥상에 가끔 우리 형제들만 빙 둘러앉는다. 먹기 싫은 국수를 내놓지도 않고, 버짐 핀 얼굴도 없다. 모두 기름기 가득하고, 고기와 물 건너온 과일들이 넘쳐나지만, 밥그릇이 없어지는 줄도 모르고 떠들어대던 이야기는 어디론가 사라지고 없다. 이제 밥상 위엔 이야기가 없다. 어쩌면 우리는 가난했기 때문에 이야기가 필요했는지도 모른다. 채울 수 없는 허기와 여전히 모자란 영양소와, 끝없는 결핍들을 이야기로 채우려 했는지도 모른다.

이제 우린 아쉬운 것 하나 없는 밥상에 앉아 있다. 그리고 그 밥상을 치워버린다 해도 냉장고엔 밥상 위에 있던 것들보다 더 맛있는 것들이 가득 있어 아무도 아쉬워하지 않는다. 그러니 누군가 아무리 외쳐 부른다고 한들 그때처럼 반갑게 둘러앉지 않을 것이다.

어머니가 가족을 큰 소리로 불러 모으고, 어머니 마음대로 할 수 있었던 그 밥상에 다시 한번 빙 둘러앉고 싶다. 어머니가 밥상에서만이라도 큰소리로 외칠 수 있었던 것은 그 시절, 가난해서 밥 먹는 일만큼 중요한 일은 없었던 그때, 어머니를 왕으로 만들어주고 우리 가족 모두가 함께할 수 있었던 그때. 하염없이 상상의 나래를 펼치게 해주었던 밥상 앞에 우리를 불렀던 엄마의 음성을 다시 들을 수 있다면.

나는 슬그머니 일어나 베란다에 세워두었던 밥상을 안으로 들인다.

곳간

집이 조금씩 작아지고 있다. 집도 나이를 먹으니 사람마냥 키가 줄어드는 건가. 오래 입은 스웨터처럼 보풀이 일고, 스치는 바람이나 날리는 먼지에도 귀퉁이가 조용히 닳아 아주 조금씩 부피를 줄여가고 있었다. 해변이나 한 바퀴 돌다 가려 했는데 차가 멈춘 곳이 옛집 마당이다. 의도한 건 아닌데 이상하게도 자주 이곳에 서 있는 나를 발견한다. 아무도 없는 곳. 오래전에 아버지가 떠나시고, 어머니도 떠나신 지 몇 해. 우리 형제는 아무도 이 집을 팔자는 말을 하지 않는다. 조금 전 둘러앉아 뜯은 상추에 보리밥 쓱쓱 비벼 먹은 것처럼 평상도 포근하다. 빈집처럼 느껴지지 않는다. 크고 작은 장독도 댓돌 아래 긴 장화도 마치 어제 닦고 신었던 것처럼 말끔하다. 어제나 그제쯤 막내가 왔다 간 것이 틀림없다. 가장 가까이 사는 막내 역시 나처럼 불쑥 와서 장독을 닦기도 하고 괜히 빈방에 군불을 때기도 한다.

툇마루에 걸터앉으면 마당을 바삐 오가던 어머니 아버지의 모습이 보이는 듯하다. 아버지가 꼬아 만든 튼튼한 빨랫줄에 집게 몇 개가 대롱대롱 매달려 있다. 참 이상도 하지. 모든 게 그대로인데 사람만 없다.

불 때는 걸 좋아하는 막내와 달리 나는 언제나 곳간 문을 연다. 삐거덕 소리에 이미 내 마음은 옛날로 달려간다. 호미가 두 개 걸려있고, 어레미와 체도 보인다. "얼기미 가져오너라." 할머니가 부르고 어머니가 부르고 하루 대여섯 번은 드나들던 곳간이다. 이곳에 이제 먹을 것은 없다. 큰 단지에 콩이며 깨, 무말랭이 등이 소복했던 곳에 매캐한 먼지 냄새가 난다. 아버지가 가느다란 나무로 만든 선반 위엔 홍시가 되어가는 감 소쿠리가 있었고 씨감자 자루도 있었다. 친구들과 몰래 삶아 먹었다가 혼쭐이 난 적도 있다.

어머니는 부지런했다. 그 매운 손끝에 곳간 바닥은 늘 대빗자루가 지나간 흔적이 선명했다. 부자 영선이네 곳간처럼 먹거리가 꽉꽉 차 있지는 않아도 얼마나 깨끗했던지 친구들이 안방 같다고 했다. 영선이네처럼 굵은 자물통으로 잠그지 않아 친구들과 퍼질러 앉아 은밀한 수다를 떨었던 곳이다.

곳간이 안방으로 변한 적도 있었다. 해마다 겨울이 되면 천안에서 뻥튀기 장수 가족들이 왔다. 그들은 우리 집 담 밑에 뻥튀기 기계를 놓고 온종일 펑펑 튀밥을 튀겼다. 업은 아이 하나와 걸린 아이 하나와 부부. 이렇게 네 가족은 장돌뱅이처럼 전국을 돌아

다녔다. 동네마다 머물며 집집의 곳간에 있는 마른 곡식을 죄다 튀기고서야 동네를 떠났다. 그들이 햇살 따스한 우리 집 담벼락 아래 자리를 폈는데 우리 집뿐 아니라 마을 전체에 온종일 고소한 냄새가 진동했다. 조용한 시골 마을에 생기가 돌고 펑 소리가 나면 우리 집 개도 컹 하고 한번 짖었다. 우리는 튀겨진 것을 가두는 긴 자루 사이로 하나씩 날아오르는 튀밥을 공중에서 받아먹으려고 이리 뛰고 저리 뛰곤 했다. 이번엔 쌀, 이번엔 콩, 이번엔 누룽지……. 하나도 잡지 못한 동생이 울음을 터트리면 뻥튀기 장수가 튀밥을 한 주먹 쥐어주었다.

옥수수, 말린 가래떡 등을 바가지에 담아오면 돌아갈 때는 모두 한 자루씩 들고 갔으니 나는 그 기계가 무슨 요술 기계인 줄 알았다. 꿈을 꾸기도 했다. 내가 겨우 모아놓은 작은 돼지 저금통이 백배쯤 튀겨지는 꿈.

뻥튀기 장수가 오면 안방을 내주었다. 그리고 어머니 아버지는 곳간에서 주무셨다. 추위에 떨 그 집 어린아이들 걱정도 했겠지만, 그들에게 방값도 받았던 것 같다. 방값이라기엔 소소한 돈 몇 푼과 공짜로 튀겨준 튀밥이었을 것이다. 우리 남매는 그것으로 그해 겨울을 따스하고 고소하게 보냈다. 뻥튀기 아내는 어머니와 같이 밥도 하고 불도 땠다. 그럴 때는 마치 두 분이 자매처럼 동서지간처럼 다정해 보였다. 부모님은 화로에 숯불을 넣어서 곳간에 두었지만, 칼바람을 막기에는 역부족이었을 것이다. 그렇게 모두가 가난했던 시절이었다. 곳간에서 자면서도 당신들보다 더 추운 이들에게 안방을 내주었던 내 부모님. 봄이 되면 찾아오는 제비처럼 겨울만 되면 멀리서 온 손님 때문에 나는 마치 잔치라도 벌이는 집주인처럼 동네 친구들 앞에서 으쓱하기도 했다.

부모님은 거지든 스님이든 누가 오든 굶겨서 보내는 일은 절대 없었다. 어느 집에서는 밥 한 술가락 던져주고 소금을 뿌리기도 했다지만, 어머니는 당신이 손에 들려 보낸 그이가 누구든 저 멀리 안 보일 때까지 바라보며 서 있곤 했다.

나무 사이로 쏟아져 들어오는 햇살은 그때나 지금이나 따스하다. 녹슨 삽과 곡괭이가 저들끼리 뭐라고 웅성거리는 듯 머리를 맞대고 있다.

돌아가시기 전 어머니는 종종 우리 형제들을 애태우며 찾게 했다. 그때마다 곳간에서 찾았는데 살짝살짝 정신을 놓을 때가 아니었나 싶다. 이곳에 형제들이 쓰던 책들이 먼지를 뒤집어쓰고 있다. 우리가 입던 교복과 오빠의 교련복이 걸려있다. 어머니는 벌써 장성한 우리의 교복을 내일이라도 입고 학교에 갈 것처럼 곳간에 걸어두고 수시로 두 손 모아 빌었을 것이다. 다른 건 다 잊어버려도 자식의 안녕만은 기필코 지켜야 하는 숙명이었던가.

지금 생각하면 시부모와 일곱 자식까지 건사해야 했던 어머니는 혼자만의 시간이 얼마나 간절했을까. 아주 잠깐이라도 이 곳간에 비스듬히 기대고 앉아 있으면 바깥의 소란스러움이 일시에 잠든 것처럼 어머니의 마음에도 평안함이 깃들지 않았을까. 혼자 하소연도 하고 아버지에게 화난 마음을 달래기도 했을 것이다. 나락 냄새와 콩 냄새, 고구마와 무말랭이, 말린 시래기 냄새를 깊이 들이마시며 일 년 양식을 계산하느라 다시금 삶의 의지를 다지지 않았을까.

어머니에게 곳간은 가족들의 생명을 지키는 곳이자, 평안을 비는 곳, 마음을 달래는 비밀장소였으니 어쩌면 성역 같은 곳이 아니었을까. 아무도 침범할 수 없는 곳. 내가 숨바꼭질을 하던 도중 곳간에 숨어들어 쌓아놓은 지푸라기 더미 속에서 잠이 들었다가 어머니의 낮은 울음소리를 듣고 숨소리도 내지 못한 적이 있었다. 아직은 젊고 고운 어머니가 아무 일도 없었던 듯 눈물을 훔치고 나가면 나는 크나큰 비밀을 알아버린 것처럼, 순식간에 어른이 되어버린 것처럼 조금은 무겁고 조금은 진지하게 생쌀 한 줌을 입에 넣고 꼭꼭 씹었다. 오래 씹어 단맛이 나면 등에 묻은 지푸라기를 툭툭 털고 곳간을 나왔다.

우리 남매들은 여기서 언제 만나자거나 그런 약속을 하지 않는다. 모두 나처럼 약속도 없이 불쑥 와서 한두 시간 어슬렁거리고 가는 것 같다. 아마도 일에 지치면 잠시나마 아이로 되돌아가기 위한 시간을 갖기 위함이 아닌가 싶다.

마당에 나와 집을 둘러본다. 한쪽으로 약간 기운 듯하다. 아래채는 비뚜름하게 된 지 오래다. 이 집에 가장 많은 기억을 가진 오빠가 집을 수리하면 어떻겠느냐고 자주 말한다. 집이 자꾸 작아지고만 있으니 언젠가처럼 뻥튀기 아저씨를 데려다가 쪼그라진 집을 펑, 소리 한 번으로 다시 커다랗게 만들고 싶다. 그리고 고소한 냄새가 진동하는 우리 형제들의 집, 오래 말린 장작을 가져다 아궁이에 넣고 절절 끓는 방에서 하룻밤 자고 싶다.

무쇠꽃

3부

붕어빵

금방이라도 헤엄을 칠 것처럼 미끈한 꼬리를 흔들며 붕어 한 마리가 튀어나왔다. 빵빵한 뱃가죽으로 내장이 다 보였다. 지느러미 끝에 붙은 불의 흔적을 쇠꼬챙이로 쓱쓱 긁어내고 가지런히 모로 세웠다. 붕어들은 칼잠을 자듯이 나란히 누워 차가운 손을 비비며 다가올 손님들을 기다리고 있었다.

"붕어빵 속엔 뭐가 있지?"

아이가 멋쩍게 웃는다. 내가 무슨 농담이라도 하는 줄 아는 것 같다.

"붕어가 없다는 건 알겠지."

아이는 썰렁한 농담을 들은 듯이 싱거운 표정이었지만, 농담을 하려고 한 것만은 아니었다. 아이는 자주 수업에 빠지는 학생이었다. 요즘 아이 같지 않게 수줍은 웃음이 예쁜 아이. 사내놈이 걸핏하면 눈물을 질금거리던 아이라서 나는 강의 중에도 아이의 마음을 다치지 않으려 애썼다.

○○마트 앞으로 가면 그 아이를 만날 수 있다고 그 아이와 친한

친구가 일러 주었다. 마트 앞에는 주차장이 있었고 어이없게도 그곳에서 나는 그 아이를 파란 포장이 뒤덮인 손수레에서 발견했다. 아이는 누렇게 변한 목장갑을 끼고 빵틀을 돌리고 있었다. 내가 불쑥 몸을 들이밀자 아이는 어서 오세 ……, 하다가 깜짝 놀란다.

"네 빵 굽는 실력 좀 보자."

나는 아이가 놀라거나 말거나 방금 구운 붕어빵을 하나 집어 들었다. 많이 팔았니? 아이는 여전히 말이 없다. 붕어의 머리를 한입 베어 물고 말했다. 왜 붕어빵 안에 붕어가 없니? 그제야 아이가 웃었다. 붕어가 없어도 맛있다. 하나를 다 먹은 다음 나는 아이가 섰던 쪽으로 갔다.

"비켜봐. 붕어빵 굽는 솜씨의 진수를 내가 보여줄게."

나는 능숙한 손놀림으로 빵틀을 기름 솔질하고 주전자에 든 반죽을 부었다. 붕어 모양의 틀에 반만 차도록 조절하는 방법을 알고 있었다. 그리고 팥소를 한 숟가락 듬뿍 떠서 올렸다. 그 위에 다시 주전자를 기울여 내렸다 올렸다 하면서 두툼한 팥소가 완전히 덮이도록 부었다. 쇠꼬챙이를 붕어 등에 달린 고리에 걸어 덮은 다음 꼬챙이로 아직 익지 않은 반죽이 흘러내리지 않게 재빨리 뒤집었다. 그런 방식으로 몇 개를 구워내자 아이는 경이로운 눈으로 나를 쳐다보았다.

내가 아홉이나 열 살쯤이었었다. 교통사고로 다친 아버지를 대신해 어머니가 파란 포장마차를 만들었다. 그 춥디추운 날 어머니는 거의 통금이 다 되어가는 시간까지 후미진 골목길에서 붕어빵을 구웠다. 아침 일찍부터 커다란 통에 반죽을 만들고 젓느라 집은 온통 허연 밀가루가 날렸고, 발효되어가는 반죽에서는 시큼한 냄새가 났다. 6남매를 주렁주렁 매달고 어머니는 금방이라도 고꾸라질 만큼 마른 몸으로 하루도 쉬지 않고 빵을 구우러 나갔다. 나는 어머니가 쓰러지기라도 했나 싶어 수시로 포장마차에 갔다. 나는 매일 어머니가 식사하거나 잠깐씩 집에서 쉬었다 오라고 대신 빵을 구웠다. 친구들이 지나갈까 봐 부끄러워 죽을 지경이었지만 자꾸 하다 보니 아무렇지도 않았다.

아무리 불 앞에 있어도 어린 나는 어찌 그리 추웠는지, 몸져누워만 계신 아버지가 어찌 그리 야속했는지. 엄마처럼 나도 다부지게 시작했지만, 손님이 없으면 금방 지쳤다. 어떤 손님은 '아이고, 애가 고생이 많구나.' 하면서 한두 개씩 더 사 가기도 했다. 내 또래의 아이들이 엄마 손을 잡고 와서 팥소를 후후 불어가며 먹을 때는 빵틀 돌리는 내 손이 자꾸 헛손질하곤 했다. 반죽을 틀 바깥으로 쏟기도 하고 빨리 틀을 돌리지 않아 새카맣게 태우기도 했다. 그럴 땐 빨리 어머니가 나오기를 기다렸다.

매일 밤 무거운 빵틀을 싣고 시퍼런 포장을 둘러싸 맨 리어카를 어머니가 끌고 내가 뒤에서 밀며 집으로 돌아올 때 어머니는 자주 노래를 불렀다. "석탄 백탄 타는 데 연기나 나고요. 내 가슴 타는데 눈물도 ……." 아마도 신세를 한탄하는 가사 같았는데 너무 추워서 이를 딱딱거리며 노래하는 어머니의 목소리는 리어카 바퀴처럼 흔들렸다. 모든 가게가 문을 닫았다. 가로등 하나 없는 거리는 깜깜했다. 달이 훤하게 뜬 날은 왠지 더 서러웠다. 그때마다 나는 아버지 같은 사람과는 죽어도 결혼하지 않겠다고 다짐하고 또 다짐했다. 내가 빨리 커서 어머니가 웃을 수 있게 해주고 싶은 마음뿐이었다.

어머니는 매일 내 머리를 쓰다듬어주며 칭찬과 동시에 한탄도 했다. 우리 애들은 다 잘 될 거야. 에미는 그걸 믿어. 네가 부모를 잘못 만나서 이리 추운데 …….

언제부턴가 빵틀을 돌리는 시간이 기다려졌다. 붕어빵 속엔 무엇이 들어있냐고? 내겐 희망이 들어있었다. 다른 이에겐 그냥 붕어빵이겠지만 내게는 세상을 다 얻을 수 있는 미래가 들어있었다.

아이는 내가 능숙하게 빵을 구워내는 모습을 처음에는 안절부절못하며 보다가 나중엔 신이 나서 손님을 불러댔다.

"그래도 학교는 나와라."

그날 이후 나는 붕어빵을 한 아름 들고 학교에 가는 날이 많아졌다. 저녁을 붕어빵으로 때우는 날도 많았다. 아이는 기름 냄새를 풍기며 수업을 들었다.

그 아이가 커서 말쑥한 양복 차림으로 찾아와 지금 내 앞에 서 있다. 선생님이 되었다고 머쓱하게 웃으며 하얀 종이봉투를 내밀었다. 설마 지금도 붕어빵 장사를 하고 있냐고 내가 놀렸고 아이는 그럴까 한다며 응수했다. 우리는 붕어빵의 반을 잘라 그 속에 뭐가 들었는지 들여다보았다.

"선생님은 팥이고 저는 크림이네요."

"그렇구나."

팥이건 크림이건 어떤 것이라도 미래가 되고 희망이 될 수도 있다는 사실을 우리는 공유하고 있었다. 마트 주차장에서 빵틀을 돌리던 날, 아이에게 내 어린 시절을 이야기했었다. 아이가 이야기를 들으면서 팔리지 않아 이미 식어버린 빵을 꾹꾹 씹었던 날, 희망은 절대 식지 않는다는 것을 알아차렸나 보다.

가마솥

다들 떠나고 아무도 살지 않는 빈집. 태어나 자랐던 옛집에 들렀다. 마당에는 헝클어진 텃밭과 먼지를 덮어쓴 장독대, 감나무 잎들이 쌓인 마당이 고개를 쑥 내민다. 담벼락 밑에 는 불을 땐지 오래된 가마솥이 입을 굳게 다물고 앉아있다. 아주 오래전에 물난리가 났던 그때처럼.

내가 고등학교 일학년 되던 여름, 마을의 저수지가 범람했다. 온 가족이 피신했다가 비가 그치고 뒷수습을 하기 위해 집으로 돌아갔을 때 도랑을 끼고 위태롭게 서 있던 아래채는 통째로 떠내려가 버렸고 위채의 귀퉁이도 반쯤 무너졌다. 장독대도 물에 휩쓸려 흔적도 없이 사라졌다. 마당 한 귀퉁이에 있는 가마솥은 떠내려가지 않고 마당을 지키고 있었다. 엄마가 가장 소중하게 여기는 부엌살림의 하나였다.

가마솥을 덥석 자식처럼 껴안은 것은 엄마였다. 엄마는 가마솥이 무슨 사람이라도 되는 양, 흙탕물을 덮어쓴 솥뚜껑을 쓰다듬었다. 그날처럼 오늘도 가마솥은 엄전하게 마당을 지키고 있다.

할머니가 엄마에게 유일하게 남기신 유산이다. 그 사이 몇 번의 이사를 다녔는데, 그때마다 엄마가 가장 먼저 차에 실었던 것이 가마솥이다. 할머니도 엄마처럼 물려받은 것이라고 했다. 대를 이어온 물건이나 재산 목록 1호인 셈이다. 여태껏 우리 가족들을 먹여 살린 고마운 솥이기도 하다.

엄마는 딸을 많이 낳았다고 할머니한테 구박을 많이 받았다. 할머니의 잔소리가 심한 날에 엄마를 견딜 수 있도록 한 것은 가마솥이다. 잔소리를 들을 때 엄마는 잠자코 솥을 닦았다. 들기름을 발라서 얼굴이 비칠 정도로 구석구석 닦았다는 솥. 엄마는 저 솥을 닦으며 말 못 할 속도 닦아냈을 것이다.

하루는 엄마가 늦게까지 오시지 않아 동생과 내가 밥을 지었다. 엄마에게 칭찬을 받을 거라고 기대하면서. 그런데 어렸던 내가 불 조정을 잘못해서 밥을 새까맣게 태우고 말았다. 엄마는 새까맣게 타버린 밥을 먹는 우리보다 솥 밑바닥이 탄 것을 안타까워했다. 저게 어떤 솥인 줄 알고 조심성 없이, 하면서 우리를 나무랐다. 다시는 밥을 하지 말라고까지 했다. 그때처럼 엄마의 화난 얼굴을 본 적이 없었다. 솥은 엄마에게 무엇이었을까.

내가 초등학교를 졸업하고 학비를 벌기 위해 일 년 동안, 부산의 친척 집에서 일을 하고 돌아왔던 날에도 엄마는 가마솥에 불을 때고 있었다. 내가 대문에 들어서자 엄마는 부지깽이를 던지고 나를 안았다. 그때 솥에서는 물이 펄펄 끓고 있었는데 그것은 따스한 물에 나를 씻게 하려는 엄마의 배려였다. 그날, 나는 불이 사그라져 가는 아궁이 앞에서 엄마의 뺨에 얼룩진 눈물 자국을 보았다. 엄마는 물을 데우면서 조용히 울고 계셨던 것이다. 나는 집으로 돌아왔다는 안도감에서 울었고 엄마는 객지에서 고생한 딸이 가슴 아파서 울었을 것이다.

지진이 일어났던 그해도 부모님이 돌아가시고 안 계시는 빈집이었지만 걱정이 되어 옛집에 들렀다. 예상대로 오래된 집은 오른쪽으로 조금 기울어져 문이 열리지 않았다. 마당에는 깨어진 장독대가 나뒹굴고 있었다. 남은 간장과 젓갈들이 흘러내려 흥건했다. 담은 무너져 내렸고 폐허를 연상케 하는 광경 앞에서 망연자실 서 있었다. 그런 와중에도 온전하게 자리를 지키고 있는 것은 가마솥이었다. 아무런 일도 없었던 것처럼 원래 그 자리에서 조금도 이탈하지 않고 앉아있었다.

가마솥은 겨울이면 콩을 삶거나 익모초를 달이고 여름에는 삼계탕을 푹 고아냈다. 숱한 시간 엿을 고아 가족의 생계를 보태기도 했다. 엄마와 함께 정말 많은 음식을 해냈던 것 같다. 가족들을 위해 기꺼이 음식을 달이고 끓이고 삶아냈다.

가마솥 앞에 섰다. 많은 세월이 흘렀는데도 변함이 없는 가마솥. 오랫동안 우리 식구들과 함께했던 시간들을 그리듯 한참을 바라본다. 엄마가 예전에 했던 것처럼 닦아 보리라. 소매를 걷어 붙이고 가마솥을 솔질할 것이다. 뭉근하게 불을 지피며 들기름을 솥 안에 고르게 입히고 상처를 보듬어보리라. 기름에 녹아 흐르는 쇳물을 제거하고 바짝 말리면 언제 그랬냐는 듯 새것이 될 것임을 나는 알고 있다.

가족들의 귀가를 기다리며 가마솥에 불을 지폈던 엄마처럼 나도 그렇게 누군가를 오래도록 기다리고 싶다.

만두

편의점 알바를 마치고 돌아왔다. 그녀는 눈알만 굴리며 난간 위에 앉아있었다. 외투를 입은 채로 그녀에게 사료 봉지를 손가락으로 톡톡 쳐 보였다. 그녀의 눈은 새까만 머루 같아서 하마터면 머루야, 하고 부를 뻔했다. 그녀는 말을 못하니 늘 까만 단추 같은 눈알을 굴리며 나를 빤히 쳐다봤다. 사료 봉지를 들고 있다고 가까이 올 리가 만무하다. 딱 그만큼 절대로 닿지 않는 거리를 유지한다. 자로 재듯이 내가 앞으로 다가간 만큼 뒤로 물러나고 내가 뒤로 물러나면 딱 그만큼만 앞으로 다가왔다.

그녀가 내게 처음 눈에 띈 날은 어둠이 반쯤 깔리는 저녁이었다. 익숙한 골목 모퉁이를 돌아서는데 담벼락 사이에서 고개를 쏙 내밀고 있는 것이 보였다. 다가가니 순식간에 벽돌 구멍 속으로 몸을 감춰버렸다. 새끼 고양이었다. 어미가 돌보지 못한 새끼 고양이를 보는 것이 그리 낯선 광경은 아니었으니까, 다음날부터 나는 괜히 신경이 쓰여 오가며 먹다 남은 삶은 계란, 소시지 한 토막을 벽돌 위에 올려두었다. 그렇게 시작된 만남이었다. 새끼

고양이가 내 집에 들어오기까지 족히 몇 달은 걸린 것 같다.

그때, 내가 담벼락 가까이 다가가지만 않아서도 음식 나부랭이를 부지런히 갖다 나르지 않았어도 그녀는 나를 따라오지 않았을 것이다. 이건 순전히 내가 자초한 초대가 되어버렸다. 사료가 떨어지는 날이면 잠깐, 아주 잠깐 그런 생각을 했었다. 내가 좋아하는 만두 한 봉지보다 두 배로 비싼 사료를 살 때마다 망설였던 것도 사실이다.

전자레인지에 만두 몇 개를 해동시켰다. 청양고추를 한 개 썰어 넣은 간장 종지 속 고춧가루를 풀며 유통기한을 한참 넘긴 만두 봉지를 들여다봤다. 만두는 저들끼리 단단히 붙어 있어서 바닥에 내리치니 겨우 떨어졌다. 차가운 것들은 가끔 너무 단단해서 부수기가 쉽지 않았다. 귀퉁이가 깨진 것들은 본래의 모습을 잃어버린 채 따스한 불빛 속에서 빙글빙글 돌아가고 있었다. 갑자기 새까맣게 잊었던 그가 떠올랐다.

그날도 만두를 찌는 중이었다. 꽁꽁 얼어버린 만두를 녹이는 것은 쉽지 않았다. 불을 너무 빨리 끄면 설익고 너무 오래 찌면 허물거려서 맛이 없었다. 그것도 휴대용 버너 위에서 만두를 잘 녹이는 일은 쉽지 않았다. 대학을 막 졸업하고 취직을 하기 위해 이력서를 여기저기 던져놓고 우선 막노동을 하는 그가 내 자취방에 오는 날. 도착할 시간이 꽤 경과했는데도 그는 오지 않았다.

그땐 휴대폰이 없었으므로 딱히 연락할 방법 없이 기다려야 했다. 녹였던 만두가 다시 굳어버린 후에도 그는 돌아오지 않았다. 뒤늦게 소식을 듣고 병원으로 달려갔지만 이미 그는 온몸이 꽁꽁 얼어붙어 있었다. 웅성거리는 말속에 그의 사고 소식은 내게 들어오지 않았다. 충분히 녹였다고 생각했는데 뚜껑을 열어보면 여전히 얼어있는 만두소처럼 서걱거리며 차갑게만 들렸다.

그는 만두를 아주 좋아했다. 만두만 있으면 반찬이 따로 필요없다고 입버릇처럼 말했다. 그는 가끔 꽁꽁 언 만두를 사 들고 나를 찾아왔다. 만두를 찌는 동안 이런저런 수다를 떨기도 했다. 취직이 되면 부모님께 알리고 알콩달콩 살아보자고 했지만 나는 그때 거기까지 생각할 수 없었다. 한동안 동생들의 학비를 보내야 하는 처지에 놓였으므로 그것은 단지 꿈이었을 뿐. 그 얘기를 할 적마다 슬며시 아직 채 녹지 않은 만두를 들여다봤다.

충분히 해동시킨 줄 알았던 만두소처럼 녹아들지 않는 것들.

잠시 그녀와 눈이 마주쳤다. 그녀가 여전히 내게 곁을 주지 않는 이유에 대해 생각했다. 나는 충분히 뜨거웠는데, 여전히 그녀는 자신을 버린 어미 고양이나 옛 주인에 대한 차가운 기억 때문에 마음을 녹이지 못함일까. 도무지 모를 그녀의 마음, 충분히 녹였다고 생각했는데 만두소까지 열기가 가지 않은 것처럼. 나는 충분히 뜨거웠다고 생각했는데 그녀는 아직 아니었던 것이다.

내가 아주 오래전에 그의 말을 제대로 들어주지 못했고 내가 마음을 다해 달려갔을 때 그는 이미 거기에 없었다는 것. 조금만 더 시간을 가지며 그녀를 기다려주기로 했다. 언젠가는 그녀가 까만 눈동자로 나를 쳐다보며 한 걸음 더 바짝 내 곁에 다가올 것임을 알고 있기에. 나는 저만치 떨어져 있는 그녀를 바라보며 전자레인지에 만두를 넣고 3분을 더 돌렸다.

나뭇잎 지다

잎들이 진다. 후둑후둑 떨어진다. 그들은 새털처럼 가벼워서 바람의 입김이 부는 방향으로 내려앉는다. 뒷마당 늙은 살구나무는 유독 일찍 잎들을 버린다. 태풍이 쓸어간 후에 더 볼품이 없어진 자신을 체념하는 듯 잎들을 놓아버린다. 몇 장을 책갈피에 끼워 둘 요량으로 주워든다. 벌레 먹은 잎들이 수두룩하다. 앞이 멀쩡해도 뒤집어 보면 색깔이 칙칙하다. 때가 묻은 손수건처럼 곳곳에 흉한 얼룩이 져 있다.

손가락에 묻은 먼지를 털며 나뭇가지에 매달린 잎들을 올려다본다. 아직 푸른색이 더 많이 감도는 싱그러운 빛깔들이다. 먼저 떨어져 버린 잎들은 나무에게 버림받은 것들이리라. 아등바등 더 매달려 있기를 포기한 것처럼 스스로 손을 놓아버린 것들인지도 모른다. 나무가 먼저 포기를 한 잎인지 잎이 먼저 나무를 떠난 것인지 알 수가 없다. 그러나 땅에 떨어진 것들은 더 이상 수액을 필요치 않는다. 그것은 땅에 묻히거나 혹은 누군가에 의해서 불태워지거나 스스로의 선택과는 상관없이 사라지는 것은 매한가

지다.

서둘러 떨어진 잎들은 거의 빛깔이 곱지 않다. 대부분 이파리에 생채기가 많은 것들이 즐비하다. 벌레들이 지나간 구멍들도 눈에 띈다. 상처받은 이의 가슴처럼 숱한 바람들이 지나갔으리라. 차가운 비바람, 속속들이 스며들었으리라. 반쯤 물이 들다가 만 것들도 보인다. 그 절반은 거미가 지나간 자국인가. 흰 줄이 그어져 잎의 뒷면까지 돌아가서 희미하게 길을 잃었다. 보기가 흉하다.

우리도 가끔은 길을 잃을 때가 있어서, 내 마음은 흰색인데 그가 굳이 검다고 우긴다면 나는 슬그머니 뒷걸음질치며 나를 내려놓기가 일쑤였다. 가끔은 놓치기 싫어서 부여잡고픈 대상이 있다고 해도 여력이 없어 손의 힘을 뺐다. 그러는 사이 나는 저 병든 잎처럼 밝지 못했다. 벌레가 심장을 지나간 자국처럼 창백했다. 사람들은 가끔 있는 그대로를 잘 못 보는가. 의아할 때가 많았다. 그것은 그 사람의 눈빛이 나와 정반대여서 그랬을까. 억지로 그 대상을 이해하려고 운 날도 많았다. 그 와중에도 시간은 계속 가고 있었고 나는 병들고 있었다.

여고 시절, 맘속으로 끝없이 부러웠던 한 친구가 있었다. 그 친구의 아버지는 의사였다. 까만 승용차를 타고 기사가 재빨리 문을 열면 그 친구는 공주처럼 차에서 내려 가방도 들지 않고 나풀 나풀 걸어오곤 했다. 창밖으로 그녀를 내려다보면서 내가 그 친구였으면 좋겠다는 생각도 자주 했다. 친구의 얼굴은 우윳빛처럼 하얗고 손가락은 유독 길고 가늘었다. 집에 피아노 선생님이 직접 오시어 레슨을 받는다고 했다. 그와 반대로 나는 햇빛에 그을려 얼굴이 새까맣고 주근깨도 많았다. 손등은 터서 겨울엔 갈라진 틈새로 피가 나기도 했다. 방학을 하면 그 친구를 만나지 못하는 것이 못내 아쉬웠다. 그 마음을 몇 장의 낙엽을 말려서 부서지지 않도록 몰래 책갈피에 끼워주곤 했었다.

시간이 꽤 흘러서 그 친구를 다시 만났다. 여고 시절 그 고왔던 얼굴은 온데간데없고 푸석거리는 머리칼만 자꾸 쓸어 올렸다. 입으로는 분명 반갑다고 소리를 내는데 눈빛은 젖어있었다. 그때처럼 나는 두 손으로 친구의 손을 잡았다. 예전에 보았던, 늘 내 가슴 언저리에 선망의 대상으로 자리매김했던 친구의 모습은 없었다. 가슴 안쪽이 저릿해 왔다. 그사이 무슨 일이 있었던 것일까. 이미 절반쯤 루즈가 지워져 버린 자국처럼 헤어진 시간들이 얼핏 보였다. 아무것도 묻지 않았다. 친구의 바뀐 폰 번호를 다시 저장하고 헤어졌다.

그 친구는 돌아가며 나의 무엇을 보았을까. 한껏 멋을 낸 자줏빛 머플러에 수놓인 꽃들을, 그 위에 지나간 내 모습이 클로즈업되었을까. 그래서 한참 말을 잊고 바라만 봤었나? 그 흔한 질문

하나도 하지 않고 총총걸음으로 신호등을 건너버렸나?

우리는 이제 추억을 꺼내어 보면서 수다를 떨기에는 나이가 너무 많다. 나무가 잎들을 하나씩 하나씩 떨구어 내듯, 잎들도 제각기 다른 빛깔로 스스로 나무를 떠나가듯이 각자의 빛깔로 서서히 물들어가는 시간들만 남았다. 살아오면서 이런저런 아픔이 없는 사람이 어디 있겠나.

가슴에 구멍 하나쯤 없는 사람은 드물다. 저 숱한 잎들이 조용히 떨어지듯이 저마다 다른 모양, 다른 빛깔의 삶을 살다가 때가 되면 조용히 지는 것이다. 어떤 잎들은 아름다운 빛깔로 물들여져서 또 어떤 잎들은 상처투성이로 망가진 채 떨어진다.

오래전 내 곁을 떠난 한 사람이 바람처럼 스친다. 그는 어떤 빛깔을 물들이며 살아가고 있을까. 한동안 키가 큰 나무만 봐도 그를 떠올리며 울었다. 돌아보니 아득한 시간이 흘러갔다. 나보다 더 나은 누군가를 따라 늦가을처럼 내 곁을 떠났던 사람. 그의 삶도 아름다운 빛깔로 물들여진 삶이면 좋겠다.

나는 다시 핸드백을 연다. 낙엽처럼 빨간 립스틱을 정성스럽게 발라본다. 아이보리색 바바리의 깃을 곧게 세우며 다시 걸어간다. 스카프가 바람에 나부끼고 있었던가. 그 위로 세상에서 가장 곱게 물든 나뭇잎 하나가 둥근 원을 그리며 떨어지고 있었다.

사과의 온도

인류 역사상 가장 먼저 언급된 과일이 사과였나? 이미 다른 과일도 있었겠지만, 그 이름이 인간의 입에 가장 먼저 오르내린 것은 사과였다. 하필 아름다운 여인의 눈에 띄어 절제를 잃게 만든 과일. 인류에게 악이란 굴레를 씌울 만큼의 어떤 매력이 사과에 있었을까. 나는 사과가 내뿜는 열기를 느껴보았다. 살아있는 모든 것에게 있는 열기를.

시골에 이사할 때만 해도 어리석은 낭만이 가득했다. 지천의 과수원을 보면서 생각했다. 해마다 모종을 하거나 손을 대지 않아도 봄엔 꽃을, 가을엔 꽃보다 더 예쁜 과일을 즐기리라 생각했다. 그래서 마당 귀퉁이에 심을 욕심으로 이웃에서 준 사과나무 한 그루를 생각 없이 덥석 받았다. 그 어린 것이 기특하게도 두 해 만에 꽃을 피웠다. 커피잔을 앞에 두고 책을 펼친 책상에서 고개만 들면 눈에 들어오는 꽃을 보면서 가을이면 탐스러운 열매도 내게 선물하리라 기대했다. 눈과 입의 호사를 모두 누릴 작정이었다.

나무는 십 년 동안 꽃을 피웠고 열매를 매달았다. 그러나 약을 치지 않아 익기도 전에 썩거나 떨어져 버렸다. 언젠가 TV에서 약을 치지 않고 사과를 수확하는 흥미로운 이야기를 보고 혹여, 기대했지만 허사였다. 그래도 꽃이라도 볼 수 있다면 그것으로 만족하자고 여겼고, 맛은 둘째고 새파란 것이라도 열려주니 그 또한 어디랴.

그러던 것이 이번엔 제법 많은 열매가 달렸다. 이웃들이 한마디씩 거들었다. 띄엄띄엄 자리 잡게 솎아주란다. 나는 대답만 알겠노라 하고 올망졸망 자리다툼하는 시퍼런 것들을 모른 척 내버려두었다. 다 나름의 의미와 아름다움을 갖고 얼굴을 내밀었는데 다른 놈을 위해 따버릴 수야 없지. 씨알이 굵어졌고 장마 사이사이 내민 햇살에 불그스레한 기운까지 돈다. 아슬하게 매달린 풋사과를 자는 아기 볼 건드리듯 쓰다듬는다. 역시 썩어 들어가고 있다. 오래 계획한 여행이 무산된 듯 허탈한 마음에 따주려고 했더니 손이 닿자마자 툭, 힘없이 떨어진다.

그래도 제법 남은 열매가 조금씩 몸을 부풀리자, 가지가 아래로 몸을 늘어뜨린다. 장대로 지지대를 세워주었다. 날이 갈수록 가지는 힘에 겨워 점점 아래로 처지다가 어느 순간 제 스스로 무게를 조절한다. 커피 한 모금 홀짝이다 문득 고개를 들어보면 몸을 살짝 떨면서 익다 만 사과 한 알을 툭, 놓아버린다. 사과나무는 제 한계를 알고 있는 것처럼 힘겹다 싶으면 한 알씩 떨어낸다.

제가 잉태하고 애써 매달고 있던 열매를 떨구는 소리에 나는 누가 부르기라도 한 것처럼 밖으로 나간다. 욕심 많은 벌레와 심술궂은 바람을 쫓아내며 무던히도 애썼을 나무는 놓아버릴 때를 알고 있었다. 애쓰던 것을, 담고 있던 것을 내려놓는 지혜는 누가 가르쳤나.

떨어진 사과 한 알을 주워들었다. 익어가다 만 것을 한입 베어 문다. 따뜻하다. 익어가는 것들은 죄다 저렇게 저 혼자 속으로 뜨겁게 견디고 있었구나. 작열하는 태양을 삼키다 혼자 타들어 갔구나.

나는 나대로 살아가느라 사과나무가 있다는 것을 자주 잊었다. 잘 사는 줄 알았다. 마침내 들여다보니 그 속이 온통 헐어 엉망진창인 채로 악착같이 버티고 있었구나 싶었다. 그래서 이렇게 뜨겁구나. 내가 잘 아는 한 사람의 뜨겁던 시간이 클로즈업된다.

나도 삶을 포기하고픈 적이 있었다. 평생 꿈꾸어오던 강단. 첫 강의를 마치고 화장실에서 펑펑 울었던 그때, 앞으로 내 삶은 붉은 사과처럼 맛깔스러울 줄 알았다. 그 뜨겁게 타던 시절을 얼마 보내지도 않았는데 강단에서 쓰러졌다. 독학을 거쳐 낮에는 공부하느라 대학원으로, 밤에는 학비를 버느라 입시학원을 전전하던 때였다. 희소병 판정을 받고 과로도 스트레스도 안 된다는 의사의 말에 모든 것이 무너졌다. 대출받은 학비도 덜 갚았고, 손을 내밀 누군가도 없던 그때, 나는 그만 삶을 놓아버리고 싶다고 생각했다.

설익은 사과는 떨떠름하고 쓰기도 했다. 그래도 여전히 따스하다. 자신의 체온을 내게 전해주고 있다. 얼마나 뜨겁게 살면 붉게 익어갈까. 익는다기보다 탄다는 생각마저 든다. 아직은 떨어지지 않은 사과도 벌레에게 파 먹히고 병 든 채로 태양을 견디고 있다. 아무도 뜨겁다고 소리 지르지 않는다. 고요에 든 어느 여승의 목덜미처럼 처연히 공중에 몸을 달고 있다. 높으면 높은 대로 낮으면 낮은 대로 그냥 그대로 자신이 매달린 곳에서 마지막 힘을 지그시 꼭지에 모으고 있을 뿐이다.

지금도 사과는 익어가는 중이다. 어느 것을 놓으면 어느 것을 지킬 수 있는지 신비롭게도 나무는 알고 있다. 생각해 보면 잡고 있는 것도 놓는 것도 둘 다 애를 써야 하는 일일지 모른다. 잡고 있는 것뿐 아니라 놓는 것도 어디 쉽기만 할까. 어쩌면 아직 따스한 열기를 품은 제 살점을 떼어내는 듯 썩어가는 사과 한 알 떨궈내는 것이 더 어렵지 않겠는가.

나는 버릴 것과 지킬 것을 잘 모른다. 그러나 버티는 것 하나는 잘한다. 쓰러지는 마지막 순간이 강단이길 바랐다. 아직은 잘 버티고 있는 중이다. 하늘이 내 악착을 애처롭게 여겼는지 이십 년을 강단에 서 있게 해주었다. 이제 하나씩 떨치어야 할 것이 무엇인지 생각해야 할 때지만 아직도 나는 무엇을 버리고 무엇을 지켜야 하는지 알지 못한다. 여전히 그 답을 찾지 못하고 밖을 응시하는데 거기, 또 사과 한 알이 가만히 떨어지고 있다.

사라지는 것들

길가의 그 집은 음울하고 적막하기 그지없다. 할머니의 굽은 등, 저녁 햇살을 올려다보던 할머니의 허망한 눈동자, 할머니의 은빛 머리칼을 본 지가 오래다. 마루 위에 매달린 메주들만 동그랗게 걸려있다. 햇빛 좋은 날, 흰 두건을 쓰고 메주를 만들었던 할머니는 사라졌다. 그동안 동네에는 할머니 말고도 몇 번 더 초상을 치렀지만, 아무런 일도 없었던 것처럼 고요하기만 하다. 그곳에 할머니를 대신할 사람은 아무도 오지 않았다. 메주만 달린 빈집 풍경은 고즈넉하다. 한 시간 만에 한 대 오거나 가끔은 오지도 않는, 버스가 달려오면 한 달에 한 번 병원에 약을 타러 간 할머니가 금방이라도 버스에서 내릴 것 같기도 했다. 이제 할머니는 차에서 내리지 않는다.

어느 저녁 무렵이었던가. 산책을 하며 그 집 앞을 지나가는데 뜬금없이 "미순이 좀 주까" 하며 할머니가 나를 불러 세웠다. 미순이? 미순이를 준다고? 그게 뭐지? 처음 듣는 이름이다. 미숫가루도 아니고, 내가 잘못 들었나? 가까이 가 보니 뜻밖에도 방금 퍼낸 된장이었다. 내가 지나가는 것을 기다렸다는 듯이 반갑게 건네주었던 그것. 할머니는 된장을 미순이라고 불렀다. 만주에서는 된장을 미순이라 부른다고 했다. 그날 할머니는 딸이 한 명 있었다는 말을 내게 했는데 더는 물어보지 않았다. 할머니의 딸은 한 번도 이곳에 온 적이 없었고 무슨 사연이 있는 건지 아무도 모른다.

할머니와 함께했던 시간들. 바나나를 나눠 먹었고 어느 더운 여름날 오후에는 쵸스바를 함께 먹으며 할머니의 넋두리를 듣기도 했었다. 처음 이곳에 와서 한동안 적응하지 못하고 방황하던 내 맘을 짚어낸 것처럼 다정했다.

출퇴근하려면 반드시 그 집 앞을 지나야 했다. 그 앞을 지날 때 나는 고개를 돌려 습관처럼 할머니와 눈인사를 하곤 했다. 할머니는 마치 내가 출근하는 것과 퇴근하는 것을 보기 위해 그 자리에 앉아있는 것처럼 손을 흔들어 주었다. 나도 할머니가 안 보이기라도 하는 날엔 어디 아프신 건 아닐까, 걱정이 앞섰다.

이젠 지난날이 되어버렸지만, 그 집은 마을에서 할머니에게 무상으로 준 것이었다. 할머니가 단칸방에 기거하면서 몇 종류의 생필품을 파는 가게였다. 마을 사람들은 구판장이라 불렀지만, 마을 공동체가 운영하지는 않았다. 할머니는 누가 시키지 않아도 매일 마을회관도 청소하고 정자 주변도 쓸었다. 붙임성이 좋아서인지 마을 사람들이 뻔질나게 드나들었다. 항상 문을 열어 놓아 선반 위의 라면이나 국수, 새우깡이 훤히 보였다. 할머니는 문밖에 놓인 평상에 정물처럼 앉아 푸성귀를 다듬곤 했다.

내가 사는 이곳은 마트나 약국이 있는 시내로 가기엔 제법 멀다. 버스는 하루 네 번만 운행된다. 그러니 소소한 생활용품들을 가져다 놓고 파는 곳이 필요했고, 누군가 그 구멍가게를 지켜야 했던 것 같다. 할머니가 언제부턴가 그 일을 맡았던 셈이다. 그곳에는 동네 어르신들이 매일 모여들고 가끔은 술판으로 떠들썩하기도 했다.

할머니가 담근 미순이는 정말 맛있었다. 어린 시절 엄마가 끓여주었던 구수한 된장찌개의 맛, 마트에서 사 온 된장은 절대로 흉내 낼 수 없는 맛이었다. 할머니가 살아계시는 동안 얻어먹었던 된장 맛을 잊을 수가 없다. 나는 아마도 그 된장의 맛에서 어린 시절 엄마를 떠올렸을지도 모른다.

이 마을에 갓 시집온 베트남 며느리는 된장 냄새를 맡고는 코를 움켜쥔다. 썩은 것이 아니라 발효된 냄새라고 일일이 설명해주어도 알아듣지 못한다. 추수를 끝내고 콩 타작을 하여 메주를 쑤어 매달아 두어야 한 해 농사가 마무리된 것 같은 만족감을 이해할 리가 만무하다. 요사인 그런 풍경마저 점점 사라져가는 것을 보며 슬며시 안타까운 마음이 든다.

이른 아침, 이장님이 기침을 몇 번이나 하며 방송을 한다. 이상, 말끝마다 이상이라는 말을 덧붙이는데 변함없이 이상이라고 말한 뒤에도 한참 더 반복하는 말을 하고 스피커를 껐다. 나는 불쑥불쑥 듣는 이장님의 방송을 들을 적마다 쿡, 웃음이 나왔다. 이상. 뭔가 할 말이 더 남은 듯한 묘한 느낌을 주는 말이란 것을 처음 알았다. 도로 확장 공사로 마을회관과 구판장을 철거하는 공사를 하니 유의하라는 내용이었다.

굴삭기가 할머니의 집을 향해 다가가고 있는 것이 보였다. 할머니가 살았던 집은 곧 사라져 버릴 것이다. 그 자리엔 아무런 일도 없었다는 듯 아스팔트를 부어 도로가 생길 것이다. 마치 처음부터 그 자리는 도로였던 것처럼 공사는 마무리될 것이다. 아무런 일도 없었던 것처럼 시침을 떼고, 처음부터 거기엔 아무도 살지 않았고 구멍가게도 없었고 할머니조차 살지 않았던 것처럼.

나는 그 집을 향해 뛰었다. 할머니가 유일하게 남기고 간 메주를 들고 나왔다. 바짝 마른 메주가 볏짚 끈에 꽁꽁 묶여있다. 할머니의 야무진 손끝이 느껴진다. 할머니는 이 메주를 달면서 무슨 생각을 했을까. 누구를 생각하며 이 많은 메주를 처마에 달아놓았을까. 혼자 먹기엔 너무 많은 메주같다. 어쩌면 집 앞을 오가는 동네사람들을 붙잡고 미순이 좀 줄까, 하고 말을 붙이고 싶었을 것이다. 나는 큰 고무통에 메주를 담았다. 할머니가 한 것처럼 굵은 소금 몇 줌을 넣어 휘휘 젓는다. 가을 햇살이 등 뒤에서 따사롭게 내리쬔다.

진실의 위반

함부로 추측하지 말라.

톨텍 인디언의 '네 가지 약속'을 읽었던 생각이 난다. 그중에서 세 번째 약속이다. 사정을 정확히 모를 때 지레짐작하지 말고 먼저 자세히 알아보아야 한다는 것. 자신의 마음이 지어낸 것, 겉으로 보이는 것에 대해 확신하지 말라는 글귀였다. 진실과 거짓이 혼돈하여 자신의 잣대로 결론을 내리고 처분을 하는 것에 대한 위험성을 담은 격언이라고 판단된다.

정확한 사실 확인 없이 추측에 의한 언론 기사들, 몇몇 방송사는 '팩트 체크'라는 코너를 운영할 정도로 사실 아닌 것이 많다. 잘못된 사실이 여론을 호도하고 또는 편 가르기를 하기도 한다. 뒤늦게 밝혀진다 해도 이미 많은 이들은 거짓을 사실로 인식하고 있고 그것 때문에 상처받는 이가 많다.

그날은 장날이었다. 소를 팔러 간 아버지는 장날에 나가시면 해가 저물어 캄캄해진 뒤에야 돌아오시곤 했다. 동생들과 나는 엄마가 시킨 대로 대청소를 끝내고 마당에서 동네 친구들과 놀았다. 땅 먹기, 공깃돌 놀이, 술래잡기도 하며 시간이 언제 갔는지 모르게 신나게 놀고 있는데 갑자기 동생이 창고로 들어갔다. 거기서 지난번 아버지가 사다 놓으신 나일론 끈 한 뭉치를 들고 나왔다. 나는 결사코 말렸다. 아버지가 알면 큰일 난다고 극구 말렸는데도 동생은 내 말을 듣지 않고 기어코 그 노끈을 낫으로 싹둑 잘라내고야 말았다. 그걸로 '우리 집에 왜 왔니,'라는 동요를 부르며 두 사람은 양 끝에서 끈을 돌리고 두 사람씩 그 끈 속으로 뛰어 들어가 신나게 놀았다. 나도 같이 놀았지만, 마음 한쪽은 내내 무거웠다. 아버지가 그 끈으로 마당에 임시로 만들 뒤주를 둘러칠 거라는 것을 알고 있었고 뒤늦게라도 들키는 날에는 엄청나게 혼날 거라는 예감 때문에 놀면서도 마음은 천근이었다.

다음날 마당에서 아버지의 고함치는 소리가 들렸다. 모두 마당에 나오라고 했다. 마당엔 어제 우리가 가지고 놀았던 나일론 노끈이 던져져 있었다. 화가 난 모습이 역력했다. 이걸 만진 사람이 누구냐고 단호하게 물었다. 나는 동생을 쳐다보았다. 1초의 망설임도 없이 동생의 손가락이 나를 지목했다. 언니가 잘랐어요. 내가 자른 게 아니라고 사실을 말했지만 겨우 8살짜리가 그 질긴 노끈을 잘랐다는 것은 말이 안 된다고 추측하신 것일까. 변명도 제대로 못 하고 처음으로 모질게 맞았다. 억울하고 끔찍한 기억이었다.

그때의 아버지보다 더 나이를 먹은 나는 그 트라우마에서 여전히 벗어나지 못하고 있다. 여전히 꿈으로 재현되는 날에는 식은 땀을 흘리며 헛소리를 하기도 한다. 그 이후 나는 어떤 이유에서든 매를 가하는 벌은 받아들이지 않는다. 그게 어떤 이유에서든 절대로 용납하고 싶지 않다는 지론이 확고하다. 열한 살인 그때 억울하게 덮어쓴 죄와 벌에 대해 의문을 가진다. 그때 아버지가 그토록 화가 났던 것은 그 당시, 꽤 비싼 나일론 노끈이 망쳐진 것에 대한 분노였을까. 아니면 내가 잘라놓고서도 끝까지 변명하는 나쁜 버릇을 고쳐놔야겠다는 분노였을까. 나일론 노끈이 아무리 비쌌들 순간적으로 화가 치밀어 어린 자식의 몸과 바꿀 수 없다는 것을 망각하고 말았을지도 모른다.

정직함이란 도대체 무엇인가. 그렇다면 정직과 거짓의 간극은 어디까지일까. 자식의 진심 어린 말은 듣지 않고 '거짓말을 해서는 안 된다'란 인성을 가르치기 위해 정확하지 않은 추측으로 함부로 벌을 가하는가. 부모라는 이유로 부당한 매질을 해도 괜찮은 것일까. 그 시절 아버지뿐 아니라, 대부분 아버지도 매질로 자식을 훈육했을 것이다.

아버지는 늘 우리에게 못 배워도 정직하게 살아야 한다고 가르쳤다. '정직함'은 아버지에게 자신을 지탱하는 하나의 신조였을지도 모른다. 그렇다면 정직함을 자식에게 가르치기 위해서 '진실'은 가려져도 된단 말인가. 정직함은 진실의 겉모습이다. 누가 노끈을 자른 것인지 진실이 무엇인지 따져보지 않은 아버지의 주관적인 판단에 진실은 가려지고 말았다.

아버지는 몇 해 전, 돌아가셨다. 돌아가시기 전에 이미 동생의 고백으로 그 노끈은 내가 자른 것이 아니라는 것이 밝혀졌다. 설령 뒤늦게 밝혀졌다고 해도 나는 동생을 온전히 믿지 못하고 있다. 아버지가 내게 정식으로 사과를 했지만, 억울한 마음이 완전히 낫지는 않았다. 뒤늦게 진실이 밝혀지더라도 상처는 금방 아물지 않는다.

어린 시절의 기억은 쉽사리 잊히지 않는다. 내 안에는 여전히 동굴 같은 어둠 속에서 울음을 터트리는 또 하나의 내가 있다는 것을 안다. 치유되지 못한 내 안의 그림자는 순식간에 사라지지 않겠지만 이제는 그만 지워버리고 싶다. 아버지가 그날, 단박에 나부터 혼을 낸 근원은 무엇일까. 아버지도 할아버지께 그런 억울한 벌을 받은 기억은 없었을까.

우리는 살아가면서 얼마나 진실을 알고 살까. 진실이 아닌 것을 진실인 양 판단하며 살아가는 것이 우리의 삶인지도 모르겠다. 진실이란 것은 이 세상에 아예 없을지도 모른다.

누가 함부로 추측하는가. 인간은 진실을 위반하며 살아가는 존재인지도 모른다. 과연 내가 아는 진실은 얼마나 될까.

서출지의 비밀

안개가 자욱자욱 일어난다. 심연, 그 어디쯤에 뿌리를 박고 허공으로 피어오른다. 형체가 보이지 않아 섬뜩한 듯 신비로운 곳. 안개는 혼령처럼 일어나 어둠과 밝음의 경계에서 좀처럼 걷힐 기미를 보이지 않는다. 서출지의 수면을 덮은 안개는 뇌리 저 깊이에 잠재된 까마득한 기억을 더듬는다. 나는 내 근원의 어딘가를 찾고 있다. 혼돈의 상태, 그러면서도 모든 것이 제자리를 찾아 일어서는 곳.

정월대보름날 아침, 그리운 누군가를 찾아가듯 망연자실 서출지를 향해 걸었다. 신라시대 때 비처왕의 기사(騎士)가 '까마귀를 좇아가라'는 왕명을 받고 달려간 그때의 그 길을 따라. 그곳엔 기사를 당황하게 만들었던 연못도 안개 속에 가려져 보이지 않았다. 편지를 들고 기다리는 노옹도 없었다. 다만, 설날 차례 모시는 문제로 올케와 언성을 높였던 내가 비처왕의 길 잃은 기사처럼 서출지 앞에 서 있다.

식전에 올케한테서 전화를 받았다. 이번 설날부터 차례는 물론이고 앞으로 모든 기제사도 지내지 않겠단다. 선전포고와 같은 음성을 듣는 순간 석고상처럼 온몸이 하얗게 굳어지는 느낌이었다. 지금까지 수십 년을 섬겨왔던 조상신을 느닷없이 받들지 않겠다니…. 무슨 까닭일까. 그것도 어머니가 세상을 떠난 지 한 해밖에 지나지 않은 시점에 엄청난 선언을 발표하다니…. 동생과 부부싸움이라도 했느냐니까, 그런 건 아니란다. 오랜 시간 곰곰이 생각한 결정이란다. 올케는 본래 모태신앙을 가진 독실한 기독교 신자였다. 그러나 동생과 결혼을 하면서 자신의 신앙을 버리고 지금껏 시댁의 풍습에 하는 수 없이 따라왔다. 그러던 것을, 이제부터는 자신의 믿음대로 좇아가겠단다. 올케의 느닷없는 반란을 큰언니한테 말하면 분명 큰 사달이 날 것은 뻔한 일이다. 혼자서 끙끙거리며 해결 방안을 궁리해 보지만, 마땅한 해답을 찾을 길이 없다.

까마귀를 놓쳐 버려 길을 잃은 기사도 이렇게 당황하지 않았을까. 다행히 그곳에서 뜻밖의 노옹이 나타나 '편지'를 전해주었기에 망정이지. 연못 속에서 노옹이 들고 나온 것은 금도끼와 은도끼도 아니고 한 통의 편지라니…. 그 편지 겉봉의 내용 또한 기가 막혔다. '이 글을 떼어 보면 두 사람이 죽을 것이요, 떼어 보지 않으면 한 사람이 죽을 것이다'라고 쓰여 있었다.

편지를 받아든 비처왕은 또 얼마나 곤란했을까. 왕은 "두 사람을 죽게 하느니보다는 차라리 떼어 보지 않고 한 사람만 죽게 하는 것이 낫겠다"고 했다. 일관(日官)의 생각은 달랐다. "두 사람이라 한 것은 백성을 말한 것이요, 한 사람이란 바로 왕을 말한 것입니다." 왕이 그 말을 믿고 글을 떼어 보니 '거문고 갑을 쏘라[射琴匣]'고 적혀 있지 않은가. 왕이 곧장 내전(內殿)으로 들어가 거문고 갑을 향해 활시위를 당겼다. 그 거문고 갑 속에서는 분향수도하고 있던 중이 궁주(宮主)와 은밀히 간통하고 있었다.

나는 무엇엔가 이끌리듯 서출지를 족히 두어 바퀴는 돌았던 것 같다. 내가 무작정 걸어왔던 길을 뒤돌아보았다. 꽤 많이 걸어온 것처럼 아득했다. 비처왕의 기사가 까마귀를 쫓아갔던 그 길 위로 숱한 사람들과 계절이 흘러갔다.

지금 내 앞에는 진흙 속에 발 디디고 선 연(蓮)대궁이들만 어렴풋이 보인다. 그 사이로 불쑥 그때처럼 노옹이 나타나 한 통의 편지를 건네준다면 얼마나 기쁠까마는. 시간 속으로 묻혀버린 채 수런거리는 아주 오래된 이야기만이 넌지시 걸어올 뿐이었다.

그러고 보면, 은밀한 비밀을 까마귀 떼가 안내해 주었다고 한 게 예사롭지 않다. 까마귀는 태양신의 정령인 삼족오(三足烏)가 아닐까. 삼족오가 왕에게 계시하고자 한 건 무엇이었을까.

비처왕 때는 불교가 공인되기 이전이다. 궁중에 이미 승려가 드나들었다고 하니 이 또한 심상치 않다. 궁주는 왕비나 후궁을 가리킨다면, 왕의 비빈(妃嬪)이 승려와 간통을 했다는 게 사실일까. '화랑세기'에 비처왕의 비빈인 선혜부인이 묘심과 사통하여 오도라는 딸을 낳았다고도 하였으나 선뜻 믿기지 않는다.

노옹은 못에서 나왔다고 하였으니, 사람의 형상으로 비유된 용신(龍神)이거나 양피못(본래의 서출지) 용왕님을 모시고 살아가던 토착민들의 족장이 아니었나 싶다. 용신 신앙을 숭배하는 토착 집단이 이미 궁궐의 내전에까지 깊이 파고든 승려의 폐단을 들춰내어, 불교의 전파를 저지하고자 했던 갈등의 역사를 품은 이야기가 아닐까.

수렵채집기의 인류가 수백 명에 이르기까지 서로 어울려 협력할 수 있었던 것은 공통의 신화적 종교 덕분이었다. 신라시대인 중세나 과학의 시대인 현대에는 신앙이나 이념의 차이로 끊이지 않는 분쟁을 일으킨다. 종교는 사람들을 협력하게도 하지만, 갈등을 유발하기도 한다. 종교로 인해 서로 뭉치고 싸우기도 하는 것은 예나 지금이나 다를 바 없어 보인다. 역사는 발전하는 것이 아니라, 어쩌면 되풀이될 뿐이다.

안개가 걷히고 있는 서출지에서 흘러가 버린 시간들을 안으로 껴안은 채, 올케의 단호한 목소리를 되새김질하다가 문득 한 장의 편지를 받아든다. '내 이념의 울타리 속에 남을 끌어들여 동화시키려 들지 말고 서로의 신념을 인정하고 허용하여야 평화롭게

더불어 살아갈 수 있다'는 사연이 담긴 편지.

나는 오래도록 서출지에 걸터앉아 해답이 적힌 한 장의 편지를 가슴에서 꺼내 읽고 또 읽는다.

입양

키우던 강아지 한 마리를 하늘나라로 보냈다. 차마 내 손으로 묻을 자신이 없어 남의 손을 빌렸다. 그 애랑 함께 걸었던 산책길 옆, 나지막한 산 귀퉁이에 묻어달라고 했다. 그러고는 무덤 앞에 패랭이꽃을 심었다. 지금은 내가 심었던 꽃보다도 '기린초'라고 불리는 꽃들이 점령하여 멀리서 보니 온통 노란 꽃밭처럼 보인다. 어제도 그곳을 다녀왔다. 새로 입양한 아이를 데리고 갔었다. 아직 어려서 산책이 뭔지도 모르는 천방지축인 아이를 거의 안고 가다시피 했다. 쫄래쫄래 작은 걸음으로 주변을 두리번거리는 모습이 불안해 보이는 것 같기도 해서 자주 안았다.

빈자리. 생각보다 휑했다. 마음의 준비도 없이 무심하게 내 곁을 떠났다. 킁킁거리는 기침 소리를 듣고 병원에 갔었는데 그때 그 애의 나이가 무척 많다는 것을 알았다. 동네를 떠돌던 유기견이었던 터라 정확한 나이는 몰랐었다. 특별히 치료해야 할 병명은 나오지 않았다. 내겐 말하지 않았지만, 의사는 아마도 예견하고 있었던 것일까. 병원을 다녀온 며칠 후에 그 애는 고요히 눈을 감았다. 나는 며칠 앓아누웠었고 우울증마저 도졌다. 한동안 나는 나대로 죽은 듯이 음악만 줄곧 들으며 슬픔을 달랬었다. 그 애와 함께 살던 또 한 마리 강아지도 무척 외로운 듯했다. 그 모습을 보고 있다가 문득 새로 한 마리를 입양하기로 마음먹고는 자리를 박차고 일어났다.

유기견 보호센터 홈페이지를 열어 입양을 기다리는 강아지들의 사진을 꼼꼼히 살펴보았다. 내가 데려오고 싶은 강아지 번호는 263번이었다. 유기견 보호센터 직원과 전화 통화를 하고 곧바로 출발했다. 그곳까지는 자동차로 20분 정도 걸렸다. 그곳에 들어서자 수많은 개가 일제히 짖어댔다. 그 소리가 내겐 서로 자기를 데려가 달라는 소리로 들렸다. 생각보다 버려진 개들이 엄청 많았다. 철창에 갇힌 개들은 아수라장이었다. 태어난 지가 얼마 되지 않는 강아지들이 가장 많았다. 키울 능력만 된다면 그 애들 모두 데려오고 싶은 심정이었다. 관리자는 내가 데려오고 싶다고 했던 강아지를 금방 찾아 데리고 왔다. 엄마와 함께 버려진 아이라고 했다. 그 애를 받아 내 품에 꼭 껴안았다. 작고 귀여운 아이는 그 순간부터 이제 내 아이가 된 셈이다.

입양에 필요한 서류들을 작성했다. 같은 건물에 있는 동물병원에 데려가 건강검진을 받고 예방주사도 맞혔다. 집으로 돌아오는 동안 마음이 졸였다. 멀미라도 심하게 하면 어쩌나, 보채면 어떡

하지, 하는 걱정들이 마음을 어수선하게 했다. 새로운 아이를 데려오는 기대감도 컸지만, 쉽사리 적응을 못 할까 봐 지레 겁을 먹기도 했다.

강아지는 이상하리만치 울지도 않았고 숨 죽은 듯 가만히 안겨 있었다. 멀미도 하지 않았다.

집으로 돌아와서는 다른 근심이 하나 더 생겼다. 어미가 이 애를 데려가는 모습을 보지는 않았을까. 이 애의 어미가 그곳에 있다는 말을 듣고도 모른 채 아이만 데리고 온 것이 계속 마음에 걸렸다. 유기견 센터를 빠져나오면서 본 광경 하나도 마음을 괴롭혔다. 새끼에게 젖을 물리고 망연자실 멀건 눈으로 나를 쳐다보는 어미 개와 눈이 마주친 것이었다. 가슴 아픈 광경이었다. 한꺼번에 많은 생각들이 교차했고 마음이 어지러웠다.

강아지가 행복하게 살았으면 하는 기원을 담아 이름을 해피라고 지었다. 나와 함께 사는 동안 내내 행복했으면 좋겠다. 어쩌면 오히려 내가 더 많은 위로를 받을 것 같기도 하다. 새끼에게 젖을 물리던 어미 개도 누군가 데려다가 돌봐준다면 얼마나 좋을까.

무쇠꽃

4부

피아노를 닦다

내가 맡은 일은 피아노를 닦는 일이었다. 융처럼 부드러운 천과 피아노용 클리너를 안겨주며 얼룩 한 점 없이 피아노를 닦으라는 것. 어린아이를 다루듯이 해야 한다고 말하며 주인이 먼저 시범을 보였다. 내가 보기엔 너무나 말끔한 피아노였고 먼지는 전혀 보이지 않았지만, 주인은 일하는 애가 갑자기 그만두는 바람에 피아노에 먼지가 뽀얗다고 말했다. 난감했다. 태어나 처음으로 이렇게 큰 피아노를 맞닥뜨리고 서 있는 것, 거대한 괴물처럼 큰 그랜드 피아노를 얼룩 한 점 없이 닦아야 한다니. 무엇보다 피아노의 큰 덩치에 주눅이 들었고 처음 하는 일이라 몹시 떨렸다.

이마에 송골송골 땀이 맺혀 흐르도록 닦았다. 그토록 갖고 싶었던 피아노의 온몸, 구석구석 내가 닦아주고 있다니. 생각보다 피아노를 닦는 일은 간단한 일이 아니었다. 그중에서 건반을 닦을 때는 숨이 막힐 정도로 조심스러웠다. 혹시나 닦으면서 함부로 건반을 건드려선 안 된다는 주의사항이 떠올랐기 때문이었다.

온갖 정성을 들여서 피아노를 반쯤 탐색하며 닦는데 파주댁이란 여자가 불쑥 들어왔다. 뭘 그리 꾸물거리느냐고 무시하는 어투로 주인인 양 나무랐다. 피아노 다리와 바닥 안까지 샅샅이 닦고 마당에 나오라는 것이었다. 내겐 주인이 두 명인 셈이었다. 아까보다 요구사항이 몇 개 더 늘어나는 바람에 그러고도 한참을 더 닦아야 했다.

아르바이트를 하기 위해 들어선 그 집은 대궐 같았다. 삼덕동에서 가장 큰집에 속한다고 소개한 분이 귀띔해 주었다. 무조건 주인이 시키는 대로 고분고분 잘해야 다음 겨울방학 때도 아르바이트를 할 수 있다고 했다. 집안의 소일거리를 하는 사람은 연세가 많은 그 여자와 나, 둘이었다. 다음 학기에도 살아남으려면 무조건 맘에 들도록 해야겠다고 생각했다. 학교의 매점에서 하는 아르바이트보다 시급이 두 배나 많으니까. 그 점이 가장 맘에 들어서 선택한 일이었다. 그 여자는 주인이 부재한 때면 나를 제멋대로 부렸다. 큰 통에 가득 들어있는 스타킹을 올 하나 가지 않도록 손으로 빨아서 소쿠리에 담아 물을 빼놓고 들어오라는 등. 그 집엔 딸이 여섯에 아들이 둘이었다. 그렇게 많은 스타킹을 손으로 빨아보기도 처음이었다. 특히 올이 나가면 안 된다니 부담감이 두 배나 되었다. 이런 일을 시킨다는 얘기는 없었는데, 고등학생 정도면 가벼운, 충분히 할 수 있는 일이라고 상냥하게 웃었던 어제가 한순간에 일그러졌다.

아침 9시까지 출근해서 6시까지 나는 매일 일했다. 출근을 하면 제일 먼저 피아노를 닦으며 하루를 시작했다. 그렇지만 늘 깨끗하기만 했던 피아노. 먼지는 잘 보이지 않았지만, 주인은 매번 검사를 한다고 했다. 내 또래의 그 집 딸이 방문 교사에게 교습을 받고 나면 다시 피아노를 닦아야 했고, 그 방도 말끔히 정리해야 했다. 어떤 날은 그 애가 교습을 받으면서 선생님께 꾸지람을 듣거나 컨디션이 나쁜 날엔 내게 '창문 틈새에 먼지도 놓치지 말고 제대로 닦으라.'고 성질을 부렸다. 피아노 교습이 끝나면 대문 밖에서는 클랙슨이 울렸다. 기사가 학원에 가야 한다는 신호를 보내주는 거였다. 나와 같은 학년의 여고생인데도 나와 완전히 다른 하루를 살았고 그 애는 늘 내게 명령하곤 했다. '피아노 악보는 네가 봐도 잘 몰라, 그러니까 뒤지지 말라'고 했다. 그때까지 난 그것을 뒤질 맘이 전혀 없었는데 그 말을 들은 후부터는 악보와 피아노를 뒤지고 싶었다.

딸이 학원을 가고 파주댁이 시장을 간 시간이면 겨우 한숨 돌릴 수 있었는데 나는 그때 악보를 찬찬히 들여다봤다. 온통 까만 콩나물이 다닥다닥 붙어있었다. 내가 아무리 오래 그것을 들여다본다고 한들 읽을 수 없다는 것을 알았지만 그래도 한참 들고 서 있을 수밖에 없었다. 체르니 40, 50번 등의 교재와 수없는 악보들을 한눈에 찾아보기 쉽도록 순서대로 꽂고 정리를 잘해야 하는 일이 내일이란 것도 알지만 자꾸 내 맘이 그곳으로 기웃거렸다.

건반을 여는 손이 떨렸다. 물론 거기엔 내가 칠 만한 악보는 아예 없었다. 학교 음악실에서 이리저리 귀동냥한 음들을 찾아 두들겨봤다. 내가 두드리는 음들은 모조리 엄마 생각, 오빠 생각, 내 동생들, 피아노가 없는 우리 집, 식구들의 음성이 살아왔다. 손가락에 힘을 빼고 건반을 너무 살살 눌렀기 때문에 소리는 마치 흐느낌 같았다. 한참 동안 거기에 빠져서 나를 잊어버리고 있었는데 벌컥, 파주댁이 문을 열고 들어왔다.

"고장 내면 어쩌려고."

나를 밀쳐내며 피아노 건반을 소리 내어 탁 닫았다. 정말 고장이 날 것 같았다. 나는 그때 무슨 몹쓸 짓을 하다가 들킨 사람처럼 얼굴을 붉혔다. 귓불까지 뜨거워지는 느낌이었다. 그리고 그 여자의 입을 다물게 하려고 시키는 대로 더 많은 일을 하고 퇴근했는데 그날 밤, 나는 온몸이 불덩이처럼 뜨거운 몸살감기를 앓았다. 그런데도 다음날 꾸역꾸역 시간을 맞추어 출근했다. 으스스한 몸으로 피아노 방에 들어가 걸레질하고 있는데 주인이 들어왔다.

"너, 하라는 청소는 안 하고 내가 없으면 늘 피아노를 친다며? 피아노가 장난감인 줄 아니? 한 번 고장 나면 수리받는 데 돈이 얼마나 드는 줄 알기나 해? 네 봉급 열 배를 줘야 한다. 고장 나면 책임져라."

나는 머리를 조아리고 빌었다. 다시는 피아노를 치지 않겠다고 한 번만 용서해 달라고 사정했다. 욕을 먹는 것보다 급여를 받지 못하는 것이 더 걱정되었다. 자취방에 필요한 것들이 줄을 서서 기다렸고 밀린 세금도 정산해야 했다. 머릿속이 복잡했다. 그런 일이 있었지만 나는 기어코 한 달을 채우고 십만 원의 급여를 받고 거길 관두었다. 마지막 날, 나는 마지막으로 피아노가 있는 그 방에 들어가 한참을 더 머물렀다. 가장 꼼꼼하게 피아노를 닦아 주고 나왔다. 그 조용하고 큰 피아노를 딱 한 번만 더 안아보고 나온 것이었다.

지금 내 앞에는 예전에 그 피아노와 똑같은, 그러면서 완전히 다른 피아노가 한 대 앉아있다. 그것은 꽤 오래되었다. 다리도 비뚤어져 약간 기울었다. 누가 봐도 너무 낡았고 군데군데 흠집이나 있다. 칠이 많이 벗겨져서 처음 샀을 때의 반짝임은 없다. 그렇지만 오히려 그 느낌이 더 편안했다. 항상 내 시선이 가장 많이 가는 곳에 두고 다른 일을 하다가도 자주 거기에 눈을 주었다.

베토벤의 열정을 꽤 오래 들었다. 태엽을 감는 손가락이 아프도록 들었다. 그때 그 피아노는 손가락으로 건반을 두드려야 하지만 내가 가진 이 피아노는 태엽을 감아야 했다. 건반은 아예 움직이지 않고 고정이 되어있기 때문이다. 그러나 그때 그 피아노 모양과 흡사한 앙증맞도록 작은 피아노, 건반을 열 수는 있는데 누를 수는 없는 피아노, 손바닥에 올려놓고 태엽을 감으면 언제든지 경쾌한 음악을 들려준다. 건반이 손가락에 닿기라도 하면 예전에 내가 숨죽이며 눌렀던 곡, 바로 그 곡이 사방에 울려 퍼진다. 진짜 피아노 같은 피아노가 참았던 울음을 토해내기라도 하는 것처럼.

피아노는 늘 나와 함께 살았다. 언제부턴가 내가 피아노를 바라보는 것이 아니라 피아노가 자꾸 나를 바라보는 것 같다. 그 눈빛은 측은해 보이기도 하고 따스해 보이기도 한다. 점점 시력을 잃어가는 나처럼 어두컴컴한, 그러면서 누군가와 몹시도 닮은 따스한, 그런 눈빛으로 나를 보고 앉아있는 피아노. 세상에 단 하나뿐인 나의 피아노. 내가 아무리 만져도 어느 누가 뭐라고 하지 않는 자유로움.

비록 피아노의 몸은 늙어가지만, 가슴에 대고 아낌없이 클리너를 뿌렸다. 가장 보드라운 천으로 피아노 한복판에 새겨진 '멜로디'라는 금빛 글자를 닦았다. 피아노가 반짝거리며 나를 쳐다본다. 나는 천천히 투두둑거리는 소리가 멈출 때까지 태엽을 감았다. 곧 연주는 시작될 것이다. 그 누구도 내 방문을 함부로 열어서는 안 된다는 생각이 들었다. 가끔은 나의 낡은 피아노가 울컥

기침을 참지 못할 수도 있다. 설사 그렇다고 해도 모른 척해주길 바란다. 점점 늘어지는 그의 연주를 내가 적당히 조여 주면 되니까. 나는 천천히 피아노의 등을 닦아주기 시작했다.

능

내가 사는 이곳, 경주는 가장 많이 만나게 되는 것이 무덤이다. 집에서 직장까지 오가는 길에도 흔하게 볼 수 있다. 그런데도 매번 시선이 가는 것은 왜일까. 내게 남은 시간 때문인가. 언젠가는 무덤 투어를 하겠다는 소망을 이룰 새도 없이 세월만 보내다가 연이은 가을장마가 퍼부은 다음 날 해가 쨍쨍 났을 때 길을 나섰다.

경주시 안강의 조용한 시골 마을에 접어들어 표지판을 보고도 여기가 왕이 묻힌 곳인가 의아했다. 찾는 사람이 거의 없어서인지 주차장은 황량했다. 소나무 숲으로 들어서자마자 걸음을 멈출 수밖에 없었다. 거짓말처럼 바깥의 모든 소음이 일시에 멎었다. 그곳은 전혀 다른 세계였다. 마치 이승에서 저승으로 건너온 듯 눈앞에는 구불구불한 몸체를 하늘로 치켜들고 꿈틀대는 소나무들의 장관이 펼쳐졌다.

"아!"

하늘과 땅을 비껴선 둥치들은 거대한 용이 춤추는 형상이었다. 구불거리며 근접할 수 없는 위엄을 뿜어내고 있었다. 지옥도에 발을 들인 듯 나무들의 곡선에 홀려 자칫 왕을 알현하러 가는 길임을 잊을 뻔했다.

왕에게로 가는 길은 가깝고도 멀었다. 소나무 숲을 통과하지 못하면 왕의 자태를 볼 수 없다. 그러나 숲에서 길을 잃고 쉽게 빠져날 수 없었다. 나무들이 저마다 영혼을 지니고 우리에게 뭔가를 말하고자 발길을 붙잡았기 때문이다. 빽빽한 가지를 비집고 내리쬐는 햇살 때문인가. 껍질에 깊게 파인 꾸불텅한 골은 전날 내린 빗물을 잔뜩 머금어 하늘로 난 검은 강 같았다. 거친 껍질은 용의 비늘인가, 왕을 지키려는 엄중한 호위무사의 갑옷인가. 그것들은 우리의 앞을 막아서며 예를 표하라 명령했다. 천년 전 용좌의 왕에게 다가가는 길은 이리도 엄숙한가. 나는 나무 한 그루 한 그루에 마치 공손하게 허락을 구하듯 몸을 구부려 발소리를 죽였다. 영리해 보이는 문관석이 공손하고 우락부락한 아랍 무사도 왕을 호위하고 있다.

신라 42대 흥덕왕.

왕릉은 호화롭다기보다 오히려 단정하다. 능 둘레에는 네 마리 사자가 사방을 향해 금방이라도 으르렁댈 기세로 천년을 지키고 있다. 병풍석으로 에워싼 12지신상도 정교한 조각으로 새겨져 있다. 《삼국유사》에는 흥덕왕의 절절한 사랑이 기록되어 있다. 즉위하자마자 왕비 장화부인이 죽어 그리움과 슬픔으로 새 왕비를 들이지 않아 후사도 남기지 않았고 궁중의 여인들조차 멀리했다. 자신이 죽으면 합장해달라는 유언으로 아내와 함께 묻혔다는 이야기. 해서 흥덕왕릉은 지름이 20m, 높이 6m로 다른 왕릉보다 훨씬 크다. 왕은 짝 잃은 앵무새의 슬픈 울음소리를 듣고 노래도 지었다 한다. 신라의 로맨틱 스토리는 AI 시대에도 가슴을 울린다.

왕의 10년 치세가 그리 평탄했던 것은 아니었다. 찬란했던 신라의 마지막 불꽃이 흔들리던 시기가 아니었나 싶다. 전염병이 돌고 천재지변과 기근으로 몹시 험한 시절이었다고 전한다. 역병이 돌아 많은 사람이 죽고 음력 3월에 눈이 오고 음력 5월에 서리가 내렸으며 음력 7월에는 가뭄으로 땅이 붉게 변하였다고. 백성들이 유랑인이 되어 방방곡곡을 떠돌았다는 기록도 있다. 많은 백성이 고통받는 것을 보며 스스로 반찬 가짓수를 줄이고 신하들에게도 사치를 멀리하기를 당부한 따스한 왕이었다. 권력에 눈먼 이기적인 지도자가 아닌, 백성에 대한 애정이 듬뿍 느껴지는 왕이 아니었을까. 해상왕으로 알려진 장보고를 통해서도 왕의 정신을 엿볼 수 있다. 미천한 신분의 장보고를 등용하여 해적을 소탕하고 해외무역을 장려하였다.

왠지 사자(死者) 앞에 서 있다는 느낌이 아니라 산 자의 숨소리가 들리는 것 같다. 엄숙함이 흙에 묻힌 자에게서 느껴지는 것은 어떤 이유일까. 감히 왕 앞에서 몸을 돌릴 수 없어 뒷걸음질로 물러섰다.

이승으로 돌아가는 길. 다시 소나무 숲으로 들어서는데 이젠 나무들이 왕을 우러러보는 뭇 백성으로 보인다. 거북등처럼 거친 껍질에서 백성들의 애환을 보았고 삶과 죽음의 빛깔을 보았다. 누군가 말했다. 이곳 나무들은 햇살의 방향과 날씨와 습도에 따라 그 빛깔과 모양새가 완전히 달라지기 때문에 수백 번을 온다 해도 같은 모습을 볼 수 없을 거라고.

무질서해 보이는 나무들에서 품위 있는 자유를 찾아낸다. 품위가 있으니 질서가 있고, 자유가 있으니 꿈틀거리는 듯하다. 이곳에서 좀 더 오래 길을 잃어도 좋으리라.

명태

단단한 것이 부드러워지려면 얼마나 오랜 시간을 필요로 할까. 저게 처음부터 단단했던 것은 아니었다. 차가운 겨울바람을 맞고 오래도록 몸을 말린 시간이 먼저 있었다. 얼었다 녹인 숱한 시간을 견뎌 내어 단단해진 몸이 되었다.

거기서 끝이 아니다. 또 거쳐야 할 관문이 있다. 바짝 말라버린 몸을 다시 부드럽게 만들어야 한다. 단단해지기 위해 견딘 아픔만큼 다시 부드러워져야 한다. 한 마리 명태가 온전히 제 구실을 하는 데 걸리는 시간은 녹록지 않다.

방망이는 평퍼짐한 돌 위에 놓인 명태를 사정없이 내리쳤다. 어지간히 팔도 아플 텐데 엄마는 멈추지 않고 계속 두들겼다. 얼핏 보면 화가 난 것 같기도 했던 엄마는 무슨 큰 각오를 한 사람처럼 비장한 모습이었다. 팔을 번갈아가며 이마에 땀이 맺히고서도 한참을 더 두들겼다. 매를 맞는 명태보다 엄마가 먼저 지쳐버릴 것 같다. 명태가 어찌나 단단하게 말랐던지 어지간히 패서는 부드러워지지 않았다. 저것이 버티었던 시간을 거슬러 올라가면 쉬이 부서질 리 없었다.

아침에 명태를 두드리는 소리가 들리는 날이면 틀림없이 아버지가 과음을 하고 새벽녘에 돌아온 다음 날이었다. 아침부터 해장국을 끓여내느라 엄마의 눈자위와 볼이 움푹 꺼져서 흡사 마른 명태처럼 삭막하고 건조해 보였다. 아무 일도 없었다는 듯 태연하게 엄마는 명탯국을 끓여 상에 올렸다. 무를 숭숭 썰어 넣고 대파를 넉넉히 넣어서 끓인 명탯국이 속을 달래는 데는 최고라고 했다. 아버지는 유난히 그 국을 좋아하셨다. 늘, 시원하다, 국 잘 끓였다고 하시며 은근슬쩍 엄마의 눈치를 살피곤 했다. 뜨거운 명탯국을 후후 부시며 맛있게 드시는 아버지와는 달리 엄마는 국을 드시지 않았다. 엄마는 밥을 물에 말아 겨우 넘기는 듯했다.

잊을 만하면 명탯국이 밥상에 올라왔다. 방망이로 실컷 두들겨 맞은 명태는 기꺼이 국이 되었다. 엄마는 부드러운 명태 살을 건져서 내 국그릇에 담아주었다. 명태처럼 바싹 마른 내 몸을 걱정하는 그 마음을 알았지만, 선뜻 명태를 목구멍으로 삼키는 것이 쉽지 않았다. 사정없이 매를 맞은 명태가 생각나서다. 엄마의 삶의 삶도 명태 같아서였다. 명태처럼 단단해져야 혹독한 삶을 견딜 수 있었고 또 부드러워져야 자식들을 간수할 수 있었을 것이다.

엄마를 따라 곳간에 가면 명태는 바람이 잘 들어오는 쪽에 걸려 있었다. 흙벽의 녹슨 장대 못에 걸린 명태는 무슨 고장 난 악기처럼 둔탁하게 부딪히는 소리를 내곤 했다. 아가리를 벌린 명태 한 쾌. 퍼런 새끼줄이 채 마르기도 전에 엄마의 손에 뽑혀 국이 되었다. 불시에 국이 되어야 하는 명태들은 남은 물기를 말리느라 이리저리 흔들리고 있었다.

초등학교 3학년 때였다. 호명을 하면 칠판으로 나가서 선생님이 써놓은 수학 문제를 푸는 시간이었다. 이름이 먼저 불린 친구들이 틀린 답을 적자마자 선생님은 손을 들고 무릎을 꿇도록 했다. 수업이 끝날 때까지 자리로 들여보내지 않았다. 팔을 내리면 더 오래 벌을 서야 했다. 그러는 동안 우리가 더 단단해지기를 선생님은 바랬던 것일까. 그런 일이 있은 후부터 나는 수학 공부를 더 열심히 했다.

세월이 흘러 내가 그 선생님이 섰던 자리에 서게 되었다. 초등학교 2학년 논술 시간이었다. 그 애는 늘 받아쓰기가 빵점이었다. 학부모도 걱정이 이만저만이 아니었다. 하나뿐인 아들에게 거는 기대가 이만저만이 아닌데 공부를 못하니 참 난감했다. 말을 안 들으면 때리라고 했다. 숙제를 안 해와도 때려달라고 했다. 선생님 말은 들을 거니까, 두려워할 거니까. 그렇게 해 달라고 부탁했지만 나는 그렇게 하지 못했다.

어느 날엔, 받아쓰기 점수가 50점이면 집에 갈 수 있다고 했다. 그날도 여전히 약속한 점수가 나오지 않았는데 나는 점수는 불러

주지 않았다.

"저 또 빵점이죠?"

나는 얼른 대답하지 못하고 조금 망설이다가 이렇게 말했다.

"내가 깜빡하고 2학기 문제를 냈지 뭐니? 그래서 어려웠던 거야."

"아, 그렇구나. 그럴 수 있어요."

아이가 오히려 나를 다독거리는 어투였다. 나는 녀석의 콧등에 맺힌 땀을 닦아주었다. 더 쉬운 10문제를 다시 내었다. 다 맞췄다. 나는 호들갑을 떨며 칭찬을 해 주었다. 칭찬은 고래도 춤을 춘다고 했거늘, 그 아이는 받아쓰기를 점점 잘했다. 우수한 성적으로 졸업을 했다. 매를 가하지 않고 부드러워지는 한 가지 방법은 칭찬이기도 했을까. 아이들을 통해 나는 그때 좀 더 부드러워지는 연습을 했을 것이다.

뉴스에는 한창 볕이 좋은 해안을 비쳐주고 있다. 명태가 되기 위해 깡깡 얼어붙은 줄에 고기들이 즐비하게 널려 있었다. 그들이 얼면서 저들끼리 부딪히는 소리가 들렸다. 고기가 아닌 깡마른 나무끼리 부딪히는 소리 같기도 하고 언 몸끼리 살 부대끼며 말라가야 하는 소리들이 들리는 것처럼 리포터는 언 입술을 쩍쩍 떼며 명태 덕장을 보여준다. 얼핏, 리포트의 등 뒤에서 명태의 얼굴이 클로즈업되었다. 해풍을 견디며 얼어버린 눈동자에 고인 눈물이 햇빛에 비친 것 같기도 했다. 수 천 마리 명태가 추위를 견디며 몸을 단단히 하는 중이었다. 줄지어 추위를 견디느라 사투를 벌이고 있는 광경이란 누군가의 국으로 뜨겁게 끓여지기 전까지 모진 시간들을 견뎌내야 하는 숙명.

생태에서 명태로 몸을 바꾸는 시간을 견뎌내야 하는 것을 보는 마음이 왠지 짠하다. 거기서 끝이 아니라 다시 수없이 매를 맞고 몸을 부드럽게 하기까지는 더하다. 인생도 어쩌면 저런 것일까. 가혹한 시간을 견디고 또 견뎌내어 단단해져야 제 가치를 발휘하고 또 다른 가혹한 매질에 버티며 부드러워져야 하는 것.

내가 걸어온 시간들을 반추해 본다. 더 단단해지고 더 부드러워지는 법을 익혀야 한다. 누군가를 위한 명탯국이 되기 위해서는.

청빛 머플러

내겐 여동생이 두 명 있다. 둘의 캐릭터는 완전 정반대다. 나이 차도 없이 고만고만하다. 막내는 별로 나와 부대낄 일이 없었지만 바로 밑의 동생은 어린 시절부터 나와는 만만찮은 사이였다고나 할까.

자매들이 많으면 옷도 바꿔 입어도 되고 소지품도 장식품도 뭐든 다 공유해도 된다고 생각하면 오산이다. 특히 난 어린 시절부터 뭐든 동생에게 잘 뺏겼다. 뺏기고서 앙앙 울어도 돌려주지 않았다. 그땐 어려서 철이 없어서 그랬다 하더라도 다 커서도 동생은 크게 달라지지 않았다.

내가 맨 처음 머플러를 선물 받고 미리 경고장을 날렸다. 이건, 진짜 안 된다, 엄청 좋아하는 친구가 생일선물로 사 준 거야. 진짜 손대지 마. 머플러를 사 준 그 친구와 며칠 후 만나기로 약속되어 있었다. 친구와 함께 청바지를 입고 같은 색깔의 머플러를 하고 시민극장에서 영화를 보기로 했었다. 그리고 뉴욕 제과점에 가서 크림빵을 먹고 투투쓰리 커피숍에 들러 수다를 떨기로 완벽

한 스케줄을 짜두었었다. 그런데 외출의 마지막 온점인 머플러가 사라졌다. 분명 옷장 첫 칸, 잘 보이는 곳에 뒀었는데. 머플러의 행방을 물어보나 마나 동생의 짓이다. 그날, 그 친구와의 데이트 내내 나는 기분이 좋지 않았다. 청바지 위에 흰 티셔츠, 그 안에 그 머플러를 맸어야 딱 맞았다. 그런데 친구는 머플러를 했고 난 멀건 목을 그대로 드러내고 나갔다. 야, 너네 동생한테 뺏겼지? 친구가 킬킬댔다. 정말 기분이 영 꽝이었다. 그날은.

막내는 절대로 그런 행동을 하지 않는다. 내 물건은 핀 하나에도 손대지 않는다. 그리고 달라고 하지도 않는다. 그러니 내가 오히려 자꾸 주게 된다. 이거, 너 할래? 이거 너한테 어울릴 것 같아. 이러면서 건네줘도 선뜻 받지 않는다. 늘 난 괜찮아, 였다. 대화도 길게 하지 않는다. 단답형이다. 대신 자신의 것도 절대로 허투루 내놓지 않는다.

시간이 흘러서 이제 거꾸로 그 말썽꾸러기 동생이 내게 자주 머플러를 선물한다. 카톡으로 이 사진, 저 사진 찍어서 보낸다. 내 의향을 물어보는 것이다. 취향도 고정되는 것이 아니라 변하는 것이어서 지금은 그때와는 확연히 다른 부분도 있다. 그렇지만 유독, 저 청빛 머플러는 내게 특별한 머플러다. 섬유 린스에 담가 손으로 조몰락거려서 그늘에 말리고 오래오래 소장하고픈 것이다. 내 친구와 함께한 시간을 그대로 고정된 틀에 가둬두고 가끔 꺼내 보고픈 내 욕심임을 안다.

코로나로 인해 선뜻 외출하지 못하고 있지만, 조만간 저 머플러를 두르고 내 친구를 만나러 핸들을 돌리고 싶다. 청빛 머플러는 유독 내 것을 좋아했던 동생의 귀여운 탐닉과 가난했던 20대의 추억을 대변한다. 먼 기억을 더듬는, 때로는 아득한 행복의 순간들을 되짚어주는 시간은 아름답다. 오늘은 그 추억의 한 페이지를 머플러와 함께 오월 속에 펴본다. 안개처럼 피어오르는 음악 한 곡이 흐르듯.

그럴 수 있어

토끼만 보면 생각나는 아이들이 있다. 그 아이들을 떠올릴 때마다 웃음이 난다.

불국사 초등학교에서 수업할 때의 일이다. 동화 읽기와 글짓기를 가르쳤다. 나는 그곳에서 토끼를 닮은 사랑스러운 애들을 많이 만났다.

그 녀석의 주특기는 건망증이다. 나와 닮았다. "선생님, 깜빡 잊었어요. 숙제는 다 했는데 노트를 집에 두고 왔어요." 그런 말을 할 때 나는 그 녀석의 잊은 노트보다 그 빨간 볼이며 천진한 눈망울이며 거짓말을 하느라 눈을 내게 주지 않고 시선을 창밖에 두고서 후다닥 말을 이어갔다. 그 태도가 토끼처럼 귀여웠다. 참 귀여운 아이구나, 그런 생각이 먼저 들었다. 여리고 어눌한 목소리가 좋았다.

매번 노트를 잊고 오는 그 녀석을 가볍게 안아봤다. 녀석의 심장이 새처럼 팔딱거렸다. 나는 그 작고 귀여운 녀석의 귀에 대고 엄마 토끼처럼 속삭였다. "그럴 수 있어."라고. 정말 그럴 수 있다고 생각하는 것처럼 고개를 끄덕이는 것 같았다. 그런데 그다음이 문제였다. 영어 쓰기 노트를 안 가져온 학생들은 손을 들어보세요, 했더니 글쎄 7명이나 책만 들고 왔단다.

"얘들아, 만약 노트를 다 가져오는 날에는 우리 아이스크림 파티 하자. 어때?"

와, 함성이 들렸고 실제로 그들과 아이스크림 파티를 했던 학기였다.

내가 좋아하는 말, 그중에서 꽤 자주 쓰는 말은 '그럴 수 있어, 이해해'라는 말이다. 사람은 실수도 할 수 있고 때로 잊기도 하고 덤벙거릴 수도 있다는 것을 가장 먼저 이해한다는 의미다. 아마도 그해에 내가 아이들에게 가장 많이 했던 말 중의 하나이기도 했다. 그러는 동안 아이들의 건망증은 슬슬 고쳐졌다.

시간이 꽤 흐른 지금도 여전히 내 안에 귀여운 토끼들이 살아있다. 이름도 하나씩 떠오른다. 학기가 끝날 즈음 나는 아이들이 쓴 손편지를 한 가방 받아서 돌아왔다. 그중 그림이 많이 들어있던 독특한 편지는 책장 옆 빈 벽에 붙어있다. 삐뚤삐뚤한 그 글씨가 아직은 걸음이 서툰 아가의 발걸음처럼 사랑스럽다. 나는 그 편지를 쓸 때 그 아이의 해맑은 미소와 끙끙거리며 뭔가를 전하려는 그 고운 마음을 알기 때문이다.

오늘도 '그럴 수 있어'라는 말, '이해한다'는 말을 해본다. 요즘 들어 건망증이 더 심해진 나에게도.

엄마의 장롱

가족사진 속 엄마는 환하게 웃고 있다. 불과 몇 분 전까지 거기 앉아있었을 것 같은 소파와 하루에도 수십 번 닦았을 진열장의 반들거리는 모서리까지 그대로다. 부엌에서는 금방이라도 김이 모락모락 피어오르는 집밥을 엄마가 차려줄 것만 같다.

허연 입술로 벙어리처럼 아무도 선뜻 입을 열지 않았다. 다만 오빠가 무릎 보호대를 벗기며 쉰 목소리로 일렀다.

"오늘 치우지 않으면 자꾸 생각날 테니까 웬만한 물건은 전부 정리해."

독한 마음을 먹고 어쩔 수 없이 내뱉은 듯 괜스레 헛기침했다. 눈두덩이가 퉁퉁 부은 막내가 안방으로 내 손을 끌어당겼다. 큰언니가 지병으로 돌아가신 뒤부터 어쩔 수 없이 내가 맏딸이다.

안방엔 조금 전까지 엄마가 계셨던 것처럼 엄마의 냄새가 났다. 엄마의 손때가 고스란히 묻은 텔레비전 리모컨이며 경로당에서 친구분들과 함께 구매했던 안마 침대며 모든 것이 제자리에 있다. 마치 곧 돌아올 주인을 기다리는 것처럼.

막내가 엄마가 누웠던 이부자리 위에 그대로 엎어졌다. 먼저 울음을 터트린 것은 막내였다. 장지로 출발할 때도 집에 돌아왔어도 가장 서럽게 울며 매달린 건 막내였다. 어찌 보면 늦둥이인 막내가 가장 엄마의 사랑을 적게 받아서일까. 주인이 부재한 방 안의 눅진한 내음, 한동안 잊고 있었던 엄마의 냄새에 목 안이 따끔거렸다.

엄마의 장롱을 열었다. 하루에도 수십 번 엄마의 손길이 닿았던 그곳에 눈길이 머물렀다. 맨 안쪽 문을 열자 반질반질해진 오남매의 교복이 나란히 걸려 있다. 일상에 치여 아득히 잊고 있었던 시간의 빗장을 풀어헤치듯 옷걸이 속, 내가 입었던 교복부터 꺼냈다.

그때였다. 열어젖힌 창문으로 들어온 향기였을까. 치자꽃 향기가 났다. 엄마가 무척이나 좋아했던 흰 꽃, 흰 향기.

교복을 꺼내 이리저리 살피는 내게 올케가 넌지시 말했다.

"고모, 이제 교복 입을 일도 없는데 그냥 버려요."

틀린 말이 아니란 걸 알면서도 선뜻 대답이 나오지 않아 어물쩍댔다. 당장 입고 등교해도 될 만큼 각이 세워져 있다. 도대체 엄마는 우리가 고등학교를 졸업한 지가 언젠데 여태껏 저 많은 교복을 끌어안고 왔을까.

그해는 중학교 입학을 앞둔 겨울이었다. 내가 입으면 손가락 끝까지 묻히는, 이웃집 언니 교복을 얻어와 밤새 푸, 푸, 물을 뿜으며 다림질했던 엄마의 뒷모습. 엄마는 그때 어떤 심정으로 닳아빠진 교복의 주름을 폈을까. 그날따라 엄마는 어찌나 작아 보였던지.

옷장 속의 교복을 쟁여놓고 절대 버리지 못한 엄마의 마음을 온전히 헤아릴 수는 없다. 뿔뿔이 흩어져 제 앞길 사느라 허둥거리는 자식들이 걱정될 때마다 당신 홀로 저 옷장을 열고 애꿎은 교복을 차례대로 쓰다듬었을 것 같기도 하다. 딸들에게 한 번도 새 교복을 입혀 입학식에 보내지 못해 그럴 수도 있었겠다. 남들에겐 하찮은 쓰레기를 여태껏 장롱 속에 걸어두고 무슨 보물이라도 되는 양 간직해 왔다니. 교복이 너무 크다고 징징대는 내게 금방 키가 훌쩍 클 거라고, 그깟 교복 좀 크기로서니 뭐 그리 대수냐고 엄마답지 않게 언성을 높였었다.

수북이 쌓인 감나무 잎들을 태우느라 얼굴이 벌겋게 달아오른 오빠가 다시 거실로 들어왔다.

"그나저나 장롱은 어떻게?"

거실로 꺼낸 엄마의 옷가지들은 아랑곳하지 않고 오빠의 눈은 나를 보고 있었다. 장롱을 어떻게 하면 좋겠냐고 내게 묻는 거였다. 폐기물 딱지를 붙여 대문 밖에 내놓아도 아무도 눈길 하나 주지 않을 것 같은 낡은 장롱을.

"뭘 어떻게 하긴, 그냥 그 자리에 둬야지."

속으로는 그렇게 대꾸했지만, 내 목소리는 어디까지나 독백으로 끝났다.

엄마의 장롱.

장롱에 대한 비밀은 온 식구가 모를 리 없다. 꼬박 삼 년을 일해서 모은 돈으로 엄마의 장롱을 사드렸다. 지금 생각해 봐도 간이 컸다. 겨우 초등학교 육 학년이 뭘 안다고 엄마의 생일날, 엄마의 소원을 들어주겠다고 큰소리 뻥뻥 치며 물었다. 엄마의 소원이 뭐냐고, 대답을 피하는 엄마를 졸졸 따라다니며 끝까지 답을 얻었다. 그런데 그때 엄마가 모기보다 작은 소리로 고백했다.

"장롱 하나 갖는 게 소원이지…."

엄마의 그 대답을 듣고 나는 새끼손가락을 단단히 걸었다. 내가 꼭 그 소원을 들어주겠다고 했고, 약속을 지킨 바로 그 장롱이었다.

여태껏 어느 형제도 부모님이 사셨던 집안의 가재도구를 놓고 이러쿵저러쿵 토로한 적은 없다. 고인의 영혼이 살아생전에 자신이 가장 좋아했던 물건에 집착하게 되기 때문에 가능한 한 빨리 정리하는 것이 좋다고 더는 떠들지 않았다.

해마다 명절이나 제삿날이 오면 우린 뿔뿔이 흩어져 살다 한곳에 모인다. 며칠 전에도 추석 차례를 지냈다. 굳게 닫혔던 안방의 장롱을 열어 환기시켰다. 세월이 이만큼 흘렀는데도 엄마의 장롱은 여전히 음전했다. 오래전 엄마가 그랬던 것처럼 나도 가만히 장롱을 쓸어본다.

해변 레코드

경주에 황리단길이 있다면 포항엔 남빈동사거리가 있다. 그땐 그렇게들 말했다. 온갖 낭만과 사연과 꿈들이 넘쳤던 곳. 연인들의 약속장소 1순위여서 '우다방'으로 불리던 북부우체국을 중심으로 명승원 만두, 시민 제과, 초원 통닭 등의 유명한 맛집들이 따개따개 붙어 젊은이들을 유혹하던 남빈동 사거리에서 나는 20대를 보냈다. 그곳의 유명한 음악감상실에서 DJ로 일했던 시절이었다. 유리관 속에서 헤드셋 끼고 은밀한 목소리로 사연을 읽어주고, 팝송을 틀어주고, 능숙하게 LP판을 닦던 긴 머리 소녀가 바로 나였다. 'DJ LEE'로 통하던 내게 어떤 이는 데이트 신청 쪽지를 보내고, 어떤 이는 부러움의 눈빛을 보냈다. 하지만 정작 내가 동경하던 곳은 따로 있었다. 내 눈을 사로잡았고, 퇴근길에 결코 그냥 지나치지 못하게 내 발걸음을 붙잡았던 곳.

이런저런 핑계로 나는 자주 거기 들렀다. '해변 레코드' 스피커에서는 언제나 음악이 흘러나왔다. 스무 살 때부터 36년이 넘는 지금까지 내게 그곳은 언제나 나팔 모양의 축음기가 있는 곳이다. 어떻게 변했건, 땅값이 얼마나 올랐건 내 기억 속에는 레코드사가 있었다. 팝송을 처음 만난 것도 그때였다. 제목도 가사도 몰랐지만 발길을 멈추게 하는 선율들. 나도 모르게 해변 레코드 앞에만 가면 우뚝 서곤 했다.

가게 유리에는 "최신곡 모음집 녹음 카세트 판매"라든가 "녹음해 드립니다"는 문구가 적혀있었고, 빌보드 차트 인기 순위가 붙어 있었다. 손님들이 복작거려도 나는 용무 없이는 들어가지 못하고 항상 밖에 서서 구경했다. 안을 기웃거리면서 마치 누군가를 기다리고 있는 것처럼 서성거렸다.

어떤 날은 듣고픈 음악을 빽빽하게 적어서 녹음을 맡기곤 했다. 어쩌다가 LP판을 사거나 녹음을 맡기는 날에는 당당하게 들어가 이것저것 뒤적이며 맘껏 구경도 할 수 있었다. 그러나 자주 무엇을 사거나 녹음을 맡길 수 있는 넉넉한 처지가 못 되어서 대부분 문밖에서 서성거렸다. 그렇게 유리에 코를 처박고 안을 들여다보고 있으면 사거리에 죽 늘어선 공구 가게 딸이 내 등을 툭툭 치곤했다. 친구 영은 내가 늘 거기서 어슬렁거린다는 걸 알고 있었다. 공구 골목에서 가장 부자였던 영이 나를 만나고 싶으면 내 퇴근 시간에 맞춰 해변 레코드 앞으로 왔던 것이다.

그날은 비가 내렸다. 땡땡이 무늬가 찍힌 비닐우산을 들고 가게 앞을 왔다 갔다 하면서 음악을 듣고 있었다. 'Rhythm Of The

Rain - The Cascades'. 곡이 다 끝나면 버스를 타려고 했는데 사장이 문을 열고 호탕하게 말했다.

"안으로 들어오세요. 비도 오는데."

마음이야 굴뚝같았지만, 나는 쭈뼛거리며 "괜찮아요"라고 했다. 바보처럼. 못 이긴 척 들어가 새로 나온 판을 구경하거나 좋아하는 음악을 즐기다 가도 좋았을걸. 왜 그런 용기가 없었는지. 이십 대는 두려움을 모르는 나이였지만, 한없는 수줍음을 가진 나이이기도 했다. 아직은 세상이 만만하다 여겨질 때였지만, 마음 한구석은 여리고 여려서 바스락대는 소리에도 화들짝 놀라는 나이 아닌가. 친구가 내 등을 두드리면 나는 얼굴이 시뻘게져서 레코드사 주인이 나를 좋아하는 것 같다고 소곤거렸다. 친구는 그냥 풀풀 웃었는데 그 둘이 이미 연인 관계인 것도 모르고 나만 혼자 들떠서 콩닥거렸다.

음악을 향한 내 열정은 멈추지 않았다. 남빈동 사거리에 있던 기획사에 사표를 던지고 음악 감상실에 취직했다. 그저 음악이 좋아 낮에는 고전음악실에서 판을 얹고, 밤에는 우체국 앞 카페에서 헤드폰을 꼈다. 세 군데 음악 감상실을 돌며 유리관 속에 처박혀 미친 듯이 음악에 싸여 살았다. 아버지가 찾아올 때까지.

아버지는 그 복잡한 사거리에서 내 머리채를 잡고 가시나가 집구석 망친다고, 이 미친 딴따라 짓이 다 뭐냐고 난리쳤다. 동네

부끄러워서 못 산다고 고래고래 소리쳤지만 나는 아버지의 욕지거리가 더 창피했다. 결국 나는 항복했고 음악을 접었다. 깨끗이.

이제는 내게 아무도 음악을 좋아해선 안 된다고 말하지 않는다. 내가 무슨 나쁜 짓이라도 한 것처럼 길길이 뛰던 아버지도 세상을 떠났다. 아무도 내게 이것 해라, 하지 마라, 말하지 않는다. 정작 아버지 당신은 백바지 신사였음에도, 내가 딸이라는 이유로 말렸지만, 나는 여전히 음악을 사랑한다. 직업으로 삼지 못한 아쉬움은 있지만 즐길 수만 있으면 된다. 나는 무슨 일을 하든 항상 음악을 틀어놓고 시작한다. 내가 듣지 않아도 리듬은 공기처럼 내 속을 스며들어 나를 적셔놓는다. 가끔 DJ 시절처럼 LP판을 닦는 시늉도 한다. 허공에서 판의 둥근 선을 따라가듯 손가락을 움직이면 마술처럼 음률이 숨어 있는 감촉이 느껴진다. 그러면 나비처럼 꿈꾸던 그 젊은 날의 사거리가 어김없이 떠오른다.

내가 소장하고 있는 판들을 가끔 들어본다. 어떤 것은 오래되어 지지직거리거나 늘어지는 소리를 내기도 하지만 닐 영, 사이먼 & 가펑클, 스모키, 블랙 사바스 등등 지금 들어도 예나 마찬가지로 가슴이 뛴다. 해변 레코드 사장은 내 친구 영이와 결혼을 했다. 사장이 나를 좋아하는 게 아닌가 착각했던 건 아마도 해변의 그 거리에 울려 퍼지던 노래 때문이었을 거다. 누구라도 바다 내음이 나는 그곳에 서서 비를 맞으며 LP판에서 흘러나오는 로맨틱

한 노래를 들으면 세상 모든 이가 다 연인처럼 사랑스럽지 않겠는가. 모든 미소가 다 황홀하지 않겠는가.

나는 아직도 그때의 감성으로 사는 바보 같은 여자다. 돈이 되던 되지 않던 해변 레코드 같은 가게를 하면서 살고 싶다는 꿈을 꾼다. 손님이 와도 그만, 안 와도 그만, 그저 마지막까지 로맨틱한 마음을 공유하면서 살아갈 수만 있다면 바랄 것이 없을 것 같다.

해변 레코드의 노래가 흐르던, 만두가 익어가는 냄새가 퍼지던, 통닭과 맥주 한 잔이 있었던 그 골목길이 그립다. 지금은 그때 추억의 가게들은 대부분 떠나고 가끔 야시장이 열려 재래시장과 골목을 살려보고자 하지만, 하루가 다르게 변해가는 모습에 적응하기는 쉽지 않다. 내가, 우리가 있던 곳이 점차 낯선 곳이 되어 가면 나는 가끔 세상에 나 혼자인 양 주위를 두리번거린다. 모두 어디로 사라져간 걸까.

그분은 정말 내 마음을 안다는 듯 음악을 골랐다. 내가 어쩌다가 울고픈 날은, 'Don't Cry For Me Argentina', 힘겨운 날은 또 다정한 목소리의 가수가 내 어깨에 가만히 손을 얹어주는 느낌이었다. 그러면 다음날은 정말 감쪽같이 기운을 내어 하루를 살아냈기 때문이다.

시간당 700원을 받았던 DJ 시절. 그나마 컵이라도 깨면 시급에서 공제했기 때문에 늘 가난했지만 그 거리를 떠나지 못했고, 친구 영이 아버지 가게에서 돈을 슬쩍 가져오면 우리는 그 골목을 휩쓸며 먹고 떠들고 노래 부르며 청춘을 보냈다. 아버지의 손에 머리채만 잡히지 않았으면 그 거리에서 자리를 잡았을지도 모른다. 지금 나는 아무도 찾지 않는 가게에서 LP판이나 닦으며 철없는 낭만 속에 살고 있을는지도 모른다.

어디로 갔을까. 그때 그 거리를 누비던 뜨거운 청춘들은.

기억은 항상 시간이란 마법의 힘을 보태는 법이다. 힘겨운 순간은 감쪽같이 없애버리고 따스한 순간들은 그리움까지 얹어 더욱 생생하게 남는다. 오래 흘러도 살아있는 내 시간 속엔 언제나 음악이 함께 있었다는 느낌이다. 지금도 나는 음악을 곁에 두고 친구처럼 엄마처럼 위로받고 있다. 가난도 외로움도 견딜 수 있게 해 주었던 예전의 해변 레코드.

한 곡만 더 듣고 집에 가야지, 하면서 쪼그리고 앉아 있었던 그날 사거리의 오후처럼 오늘도 여전히 하늘은 꿈을 꾸기 좋은 주홍빛으로 물들어 있다.

메꽃

산책로는 하나같이 꽃자리다. 이름을 알 수 없는 들꽃들, 가끔은 주홍빛 고운 얼굴에 검은 점이 박힌 나리꽃, 누군가가 버린 쓰레기 속에 떨어진 씨앗들이 꽃이 되었던지 강둑에 피어난 해바라기들. 그러나 나는 그들에게 시선을 오래 주지 않는다. 내 마음은 온통 실타래처럼 뒤엉킨 메꽃 무더기로 갈 뿐. 나는 그 앞에 쪼그리고 앉는다.

버려진 깻단 위를 하염없이 기어오르는 꽃. 내일이면 그 옆, 장작더미 위까지 번져갈 것이고 다음날이면 전봇대의 허리를 잡을 것이다. 주변의 어떤 것에도 아랑곳하지 않고 여전히 꽃을 피워 올린다. 나는 그들에게 다가가서 들여다본다. 이렇게 깨끗하고 하얀 속은 처음 본다. 둥근 꽃잎 한가운데 파르르 떠는 목젖마저도 애처롭다. 몸을 떠는 것들. 죽을 때는 끝끝내 입을 꼭 다물고 지고 마는 꽃. 내가 함구해야 할 말들은 무엇일까.

사진을 찍는다. 렌즈에 잡힌 꽃들의 배경은 볼품이 없다. 배경을 지우려고 꽃 가까이에 카메라를 들이댄다. 꽃잎이 가깝게 잡히도록 카메라의 각도를 잡다가 하마터면 거름더미에 자빠질 뻔했다. 끝없이 손을 뻗는 새순이 나뭇가지를 잡을 수 있도록 살며시 걸쳐준다. 그냥 두면 거름더미 위로 올라갈 태세다. 그렇게 되면 순식간에 죽게 될지도 모른다. 농부들은 수시로 거름을 논이나 밭으로 실어 낼 수도 있으니까.

내가 막 메꽃의 뺨에 얼굴을 갖다 대려고 하는 찰나에 지나가던 할머니가 고개를 빼고 묻는다. 거기 뭐가 있길래 그러고 있느냐고. 선뜻 대답하지 못하고 그냥 웃기만 한다. 할머니의 눈에는 이상하게 비칠 수도 있겠다. 참깨를 탐내는 것도 아니고 메꽃들에 맘을 뺏기고 앉은 나를 봤을 뿐이니까.

나의 산책은 들판으로 이어져 작은 연못까지 갔다가 돌아온다. 길가에는 이곳저곳 메꽃들이 한창이다. 내가 사는 동네에 가장 흔하게 볼 수 있는 꽃이다. 어쩌면 나는 연못으로 가려는 것이 아니라 그곳으로 가는 길가에 핀 메꽃들을 보려는 것인지도 모른다. 걷다가 서고 섰다가 걷는 것을 반복하다 보면 산책은 금방 끝이 나지 않는다. 내 눈과 마주친 꽃들을 내 망막에 가두어 돌아온다.

나는 지금 지독한 우울증을 앓고 있다. 심리 치료와 최면 요법의 책들을 닥치는 대로 읽었다. 치유 방법 가운데 시각화라는 것에 눈길이 갔다. 눈을 감고 자기 삶의 가장 행복한 순간을 머릿속에 떠올리게 하는 방법이다. 그 순간을 이야기하게 하거나 사소한 것까지 낱낱이 그림으로 그리게도 한다. 반추의 시간을 가지며 평온을 되찾게 하는 치유법. 금세 치료 효과가 나타나기도 하고 그렇지 않을 수도 있다는 것인데 개인에 따라 다르다고 한다.

나는 병원에서 처방한 약들이 잘 듣지 않았다. 그것은 임시방편일 뿐이었고 약 기운이 떨어지면 다시 우울증이 도졌다. 무기력증이 엄습할 때 바닥에 몸이 달라붙어 떼어지지 않는 느낌을 받는다. 나는 그럴 때 무조건 밖으로 나갔다. 그것이 내게는 최선이었다. 걷기라도 하면 한결 나을 거라는 기대감도 있지만, 그보다 내 마음을 이끄는 그곳으로 간다.

이른 아침 꽃잎을 열어 저녁이면 시들고 마는 꽃. 생명 짧은 목숨. 나는 여리디여린 꽃들의 시간을 본다. 목숨이 다하는 순간까지도 목젖을 드러내고 환하게 웃는 꽃. 언제부턴가 메꽃들이 나팔을 불어 나를 둥둥 떠다니게 해 주는 것 같았다. 소리가 일제히 날아오른다. 현기증처럼 아득하게 공중으로 날아오른다. 고개를 젖히고 올려다본다. 입속까지 환하게 내가 웃는다. 꽃들이 기어오른 저, 아득한 시간들에 대해 박수를 보낸다. 나도 그들처럼 나팔 소리 들릴 듯 환하게 웃고 싶다. 내일도 나는 나팔 소리를 들으러 밖으로 나갈 것이다.

백련암 가는 길

혼자 남은 어머니는 아주 작았다. 텅 빈 집처럼 알맹이가 다 빠져나가고 껍질만 남아 기도를 했다. 푸석하고 쪼그라진 몸으로 뒤꼍에서 두 손을 모으고 있던 여인. 어머니는 무에 그리 빌 게 많았을까. "백련사에 니 오빠가 혼자 있지." 내가 물으면 그렇게 말한다. 혼자 있는 건 오빠가 아니라 어머니인데도 그걸 잊었다. 그리고 뭔가를 주섬주섬 챙겨 백련사에 데려다 달라고 한다. "밥이라도 챙겨줘야지." 다른 건 거의 정상인데 그때 일만 어머니의 뇌리에 박혀 있었다.

일요일이 사라지길 빌었다. 중학교 1학년 꼬맹이는 일요일마다 백련사에 가야 했다. 아무리 빨리 걸어도 한 시간은 족히 걸렸다. 새소리나 풀 내음을 느낄 여유도 없었다. 엄마가 내 몸피보다 큰 보따리를 들려 보내기 때문이다. 너무 무거워 얼마나 쉬다 가다 했는지 모른다. 오빠가 먹을 반찬과 국이 가득 들어있는 주전자. 다리에 부딪칠 때마다 덜커덕거려 흘릴까 불안한 마음뿐 허벅지가 퍼렇게 멍이 드는 것도 몰랐다. 눈물을 질금거리며 집을 나서는 나는 안중에 없이 엄마는 늘 내 뒤통수에 대고 소리쳤다. "국 쏟을라. 조심해라."

나보다 국이 더 중요하단 말이지? 원망 섞인 말을 수없이 중얼거리며 그 오기로 산길을 다녔다. 오빠가 고시 공부를 한답시고 백련사에 있을 때였다. 비가 오나 눈이 오나 어머니는 일주일 치 반찬과 국을 나르게 했다. 어떤 날은 몸보신시킨다고 곰국을 달여 주기도 했고, 찰떡을 해주기도 했다. 그런 날은 두 배로 무거워 기진맥진했다. 어쩌자고 엄마는 그토록 무서움 타는 나를 혼자 산길로 보냈을까. 대낮에도 뒤통수가 쭈뼛거릴 만큼 으스스한 길을 오가며 꼬박 1년간 밥을 날랐다. 다람쥐가 바스락대는 소리만 내도 심장이 벌렁거려 차라리 무거운 건 참을 만했다. 쓰러져 가는 폐가 옆을 지날 땐 나뭇잎 흔들리는 소리가 귀신 우는 소리처럼 들리고, 썩은 나무둥치가 도깨비처럼 보였다. 어쩌다 불공드리러 가는 사람이라도 만나면 반가워서 펄쩍 뛸 지경이었다.

빈방 두고 절까지 가서 유난 떠는 오빠가 미웠다. 십 리 거리에 있는 학교를 오가는 것만 해도 나는 이미 힘에 겨웠다. 숙제도 미룬 채 밥 보따리를 내려놓고 오는 길엔 휘날리는 억새와 바람에 흔들리는 구절초 무더기가 몹시 서러웠다. 그래서 부러 큰소리로 노래를 불렀다. "산~너머 남촌에는 누가 살길래 …… 남촌서 남풍 불 때 나는 좋대나." 그러면 굳은 마음이 조금 풀리곤 했다.

딸을 낳을 때마다 밥상을 들이지 않았던 할머니. 퉁퉁 부은 얼굴로 문구멍으로 보고 또 보며 밥상을 기다렸던 어머니는 아들을 낳으라는 할머니의 유언 하나로 살았다. 불공을 드리지 않으면 팔자에 아들이 없을 거라 했단다. 그렇게 엄마와 백련사의 인연이 시작되었다. 꼭두새벽 백일기도 후 얻은 아들을 안고 엄마는 서럽게 울었다. "네 오라비가 잘 돼야 집이 핀다." 귀에 딱지가 앉도록 들어서 정말 그런가 했다. 엄마의 집착은 캄캄한 산길의 무서움보다 더 지독했다.

강아지 손이라도 빌릴 만큼 바쁜 추수에도 오빠는 열외였다. 오히려 오빠 마음 흩트리면 안 된다고 우리에게 당부했다. 참새를 쫓는 일은 내 몫이었는데 오빠한테 가는 날은 제외되었다. 차라리 들판에서 허수아비처럼 두 팔을 휘저으며 새를 쫓는 일이 백 배는 더 좋았다. 휘이휘이 휘파람을 불 때 서러움도 불쑥불쑥 고개를 들었다.

엄마는 간간이 참기름이나 들기름을 짜서 스님께 드리라고 했지만, 나는 그것을 법당 앞에 두고 쏜살같이 돌아왔다. 왠지 스님은 내 속을 꿰뚫고 계실 것만 같아서 겁이 났다. 가는 내내 오빠를 미워하며 욕도 하다가 대웅전 앞에 서면 죄지은 느낌이 들곤 했던 것이다.

어느 날 참기름 두 병을 마루에 놓고 뒤돌아서는데 스님이 불렸다. 가슴이 쿵 내려앉았다. 그때서야 스님을 처음으로 보았다. 스님은 내 키에 맞춰 무릎을 굽히고 잔잔한 미소와 따스한 목소리로 말했다. "힘들면 힘듭니다, 하고 어머니께 말씀드리렴." 스님이 보시기에 어린 내가 안쓰러웠던 걸까.

나는 한 번도 부모님께 싫다거나, 힘들어 못하겠다는 말을 해본 적이 없다. 지금 이 나이가 되어서야 가끔 원망스러움이 솟을 때가 있다. 어릴 때 반항 한 번 해본 적이 없는 탓일지도 모르겠다.

엄마에게 스님의 말씀을 전하지 않았다. 오빠가 절간 뒤에서 몰래 담배를 피우더라는 말도 하지 않았다. 엄마는 틈만 나면 염주를 헤아렸다. 새벽마다 장독 위에 물 한 대접 올려놓고 기도를 했다. 내가 가장 많이 본 엄마의 모습은 손바닥이 닳도록 비는 것이었다. 오빠가 있는 절을 향해 빌기도 했다.

대문 앞에는 불두화가 피어있었다. 엄마는 함부로 건드려선 안 된다고 말했다. 그 희고 굵은 꽃봉오리가 싫었다. 엄마가 안 볼 때 몇 송이 꺾어다가 밟은 적도 있다. 툇마루의 찻상 위에는 '금강경'과 염주가 있었는데 나는 근처에도 가지 않았다. 엄마의 기도가 왠지 불공평하다는 생각과 억울함 때문이었다.

지루했던 밥 심부름이 끝나고 오빠는 도시로 갔다. 후에도 어머니는 시간만 나면 백련사로 갔다. 오빠의 건강을, 성공을 빌고 또 빌었다. 그리고 늘 입에 달고 살았다. "내가 죽거들랑 백련사

뒤에 묻어다오." 세상에서 절이 가장 좋다고 했다. 우리가 아니었다면 절에서 허드렛일이나 하며 남은 생을 보내고 싶다고 했다. 우리가 엄마의 행복을 방해하는 걸림돌이라도 되는 것처럼 느껴졌다.

어머니는 언제부턴가 혼이 나간 사람처럼 혼잣말을 중얼거리곤 했다. 멍하니 밖을 내다보는 일이 잦아졌고, 했던 얘기를 처음 하는 것처럼 반복하는 일도 많아졌다. 어느 날 홀로 남은 어머니를 보러 갔다가 오라비 밥 갖다 주러 가자고 하도 재촉하는 바람에 길을 나섰다. 그 멀고멀던 산길이 차로 가니 단숨에 닿았다. 국화가 예쁘게도 폈네, 하면서 소풍 나온 어린애같이 즐거워했다. 그러더니 "니 오라비 밥 갖다 주느라 애 뭇재? 이 먼 길을 어린 것이 얼마나 무섭고 힘들었겠노." 하시는 게 아닌가. 당신보다 두 배는 더 넓은 내 어깨를 안는 어머니의 손길을 느끼는 순간 쌓였던 원망과 오빠에 대한 미움도 흔적 없이 흩어졌다. 참 희한한 일이었다. 얼마나 듣고 싶은 말이었던가. 가족이란 게 이렇게 말 한마디면 뼛속까지 스며있던 통증도 다 해결되는 관계인 건지 알 수 없는 일이었다.

문암출판사 수필집

무쇠꽃

ⓒ이도은 2025

1판 1쇄 2025. 3. 25. 발행

지은이 | 이도은

펴낸곳 문암출판사 | 펴낸이 염성철

출판등록 | 제2021-000079호
주소 | 경기도 고양특례시 일산서구 산현로 92번길 42
출판부 | 031-911-1137
E-mail | bookrock53@naver.com
ISBN | 978-11-974465-4-2 03810

이 책의 판권은 저자와 문암출판사에 있습니다.

이 책은 저작권법에 법에 따라 보호받는 저작물이므로 무단 전제와 복제를 금지하며, 이 책의 내용 전부 또는 일부를 사용하려면 반드시 저작권자의 서면동의를 받아야 합니다.

• 잘못된 책은 구입하신 곳에서 교환해 드립니다.